এখানে দেবতা একা

এখানে দেবতা একা

বিতান চক্রবর্তী

শাম্ভবী
দিল্লি | কলকাতা

Shambhabi
THE THIRD EYE IMPRINT
New Delhi | Calcutta

EKHANE DEBOTA EKA
Bangla short stories by Bitan Chakraborty

First Edition July 2025

প্রচ্ছদ পিন্টু বিশ্বাস

শাম্ভবীর পক্ষে ভাস্বতী সেনগুপ্ত,
৭০ বি/৯ অমৃতপুরি, গলি নং ৩, ইস্ট অফ কৈলাশ, নিউ দিল্লি ৬৫
এ ১০/১ অমরাবতী, সোদপুর, কলকাতা ১১০ কর্তৃক প্রকাশিত,
এবং থমসন প্রেস ইন্ডিয়া লিমিটেড, ওখলা, দিল্লি ২০ থেকে মুদ্রিত

প্রথম প্রকাশ জুলাই ২০২৫

ISBN-13 978-81-975937-7-2 (Hardback)
978-81-975937-8-9 (Paperback)

Hardback **INR 300**
Paperback **USD 20.99**

আলো আসার অপেক্ষাকে

সূচিপত্র

পোকা

প্রজাপতি

কী করে যে প্রজাপতিটা এই নিশ্ছিদ্র এয়ারপোর্টে ঢুকে পড়ল, কে জানে! খুব বড়ো নয় এই এয়ারপোর্ট। গুরুত্বহীন শহরের বিমানবন্দর যেমন হয় আর কী! সিকিউরিটি টাইট। প্রবল চেকিং চলে। ছোটো এয়ারপোর্টে হয়তো কাজ তেমন থাকে না বলেই এতরকম চেকিং-এর বাহানা। এসব গলে প্রজাপতিটা ঢুকল কেমন করে! তেমন রংচঙে-ও তো নয়। এক রঙা। ডানায় সামান্য ছিট আছে। হঠাৎ দেখলে একে মথ বলে ভুল হতেই পারে। মানুষের থেকে একটা নিরাপদ উচ্চতায় প্রজাপতিটা উড়ে বেড়াচ্ছে। বার্ডস আইতে এয়ারপোর্ট ভিউ। জনা একশোও লোক নেই এই দুপুরে। যারা আছে তাদের আশি শতাংশই প্রথমবার এয়ারপোর্টে ঢুকেছেন। লকডাউন সামান্য শিথিল হলেও ট্রেন এখনও সচল হয়নি। লকডাউনের শুরুতে যারা ঘরে ফিরেছিল কাজ ফেলে, তারাই আবার ফিরছে কাজের দেশে। কাউকেই মুখ দেখে চেনা যায় না। নানান রঙের মাস্কে ঢাকা। এমন দৃশ্যের মাঝে কেবল সাদা পিপি ড্রেসই খানিক রিলিফ। এয়ারপোর্টের দোকানগুলোও

তেমন খোলেনি। চা-জলখাবারের বিশাল সেই সম্ভার প্রায় ফাঁকা। যেগুলো খোলা, তারা লিমিটেড আইটেম নিয়ে সেজেগুজে দাঁড়িয়ে আছে। লোক নেই কেনার। প্রজাপতিটার এসবে মন নেই। সে ঘুরে বেড়ায়। কে জানে কেন! এখানে তো ফুলও নেই! ভুল করে ঢুকে পড়েছে? তাহলে মুশকিল। বেরোনোর রাস্তা কিন্তু কঠিন।

ভাইরাস ঠেকাতে কতরকম ব্যবস্থা। হাত ধুয়ে নিতে হচ্ছে বারবার। মানুষ মানুষের কাছে এসে দাঁড়ায় না। দূরত্ব আছে মাপ করা। লোকজন বাথরুমও ব্যবহার করছে মেপে। অহেতুক সব কিছুতেই যেন ভাইরাসের ছোঁয়া আছে। প্রজাপতির এসব ছোঁয়াচ নেই। সে সব জায়গাতেই যায় নিশ্চিন্তে। ঘুরে দেখে। ফুল খোঁজে। বন্ধু খোঁজে। ক্লান্ত হলে উঁচু দেওয়ালে বসে বিশ্রাম নেয়। খানিক পরে আবার বেরিয়ে পড়ে নতুন কিছুর খোঁজে। প্রাণ কাউকে স্থির থাকতে দেয় না। অতি বড়ো প্রাজ্ঞও মুক্তির জন্য চঞ্চল হয়ে ওঠেন। প্রজাপতিটা কি মুক্তি চায়? কত বড়ো আকাশে সে যেতে চায়? তার কাছে পৃথিবীর থেকে বড়ো আর কিছু আছে নাকি!

রেড ভেলভেট

অক্ষ, ট্রে টেনে দেখে নেয় এক্সপায়ারি ডেট। এখনও দু-দিন আছে। ট্রে-টা আবার ঠেলে ঢুকিয়ে দেয় গ্লাস-ডোর ফ্রিজের ভেতর। শাটার বন্ধ করবার আগে আর একবার চেক করে নেয় টেম্পারেচার। পাঁচ ডিগ্রি, সেট। লকডাউনের বাজারে বরাত জোরে বেঁচে গেছে অক্ষ-র চাকরিটা। মাইনে কমেছে থার্টি পারসেন্ট, তবু চাকরিটা তো আছে! সুস্মিতের চাকরিটা গেছে। এই এয়ারপোর্টেই একটা ফ্যাশন স্টোরে চাকরি করত। দোকান পার্মানেন্টলি বন্ধ হয়েছে। জব এজেন্সিগুলোও ফোন তুলছে না আর। আগামী কয়েক মাসে

নতুন কোনো দোকান খুলবে না এয়ারপোর্টে। এরিয়া সেলস ম্যানেজার ফোন করে বলছিল অক্ষদের কোম্পানির সেলও তলানিতে। ফলে টার্গেট আরও টাফ হবে। এমনকী আনসোল্ড প্রোডাক্টেও পেনাল্টি হবে সেলারের। এক কথায় চাকরি না গেলেও বাকি মাইনের নিশ্চয়তা আর নেই। লোকজন আজকাল বাইরের খাবার খেতে ভয় পাচ্ছে। চা বা কফি বিক্রি হলেও দামি কেক একটারও তেমন বিক্রি নেই। কেক বলতে কিছু মিল্ক কেক, ফ্রুট, চকলেট আর রেড ভেলভেট। রেড ভেলভেট অক্ষ-র খুব প্রিয়। ওই নরম শরীরে কাটার চালিয়ে প্লেটে তুলতে দারুণ লাগে। এত নরম, তুলতুলে, যেন প্রেমিকার স্তন। কাউন্টার থেকে কিছু বাড়ি নিয়ে যাওয়া বারণ। আগে কোনো কোনো সময় বাড়ি ফেরার পথে রাস্তার কেক শপ থেকে কিনে নিয়ে যেত রেড ভেলভেট। প্লেটে সাজিয়ে অনেকক্ষণ দেখত কেকটা। শপে কাস্টোমারের সামনে এভাবে দেখা যায় না। এ-এক পাগলামিই হয়তো। কিন্তু এটুকুই তার ভালো লাগা, নেশা। এয়ারপোর্টের এই চাকরিটা সে নিয়েছিল প্লেন দেখবে বলে। শুনেছে পৃথিবীর অন্যতম স্মার্ট জব এই নিশ্ছিদ্র ঘেরাটোপের ভেতরেই। বাইপাসের ধারের হোটেলটাতে যখন পাইলট আর এয়ার-হোস্টেসরা গাড়ি থেকে নেমে ঢুকত, অক্ষ চায়ের ঠেক থেকে অবাক হয়ে দেখত ওদের। মাঝে মাঝে সাইকেলে করে এয়ারপোর্টে ঘুরতেও গেছে বন্ধুরা মিলে। কাচের দেওয়ালের ওপারে বেশি দূর দেখা যায় না। বরাবর মনে হয়েছে ওই না-দেখা অংশটাতেই পৃথিবীর সমস্ত স্বপ্নের রানওয়ে। ঠিক সিনেমায় যেমন হয়। সিনেমার মতোই এই চাকরিটা পেয়েছিল অক্ষ। বাবার বন্ধু পরিমলকাকাই ব্যবস্থা করে দিয়েছিলেন। মাসে সতেরো হাজার।

চাকরির প্রথম দিন লাঞ্চ টাইমে পাক্কা সাতাশ মিনিট ফ্লাইটের ওঠা-নামা দেখেছিল অক্ষ। যে কারণে অন্তত সাঁইত্রিশ মিনিট সেলস ম্যানেজারের লেকচার শুনতে হয়েছিল। সেই শুরু, দু-

বছর সাত মাসে কাচের ওপারের স্বপ্নের রানওয়েতে অজস্র স্পিড-ব্রেকার রঙিন চশমা চোখ থেকে নামিয়ে দিয়েছে। আর লকডাউনের আট-ন'মাসে প্রবল টারবুলেন্সে স্বপ্নের রানওয়ে একশো মিটারের রানিং ট্র্যাক হয়ে গেছে। পর পর দু-সপ্তাহে দু-ট্রে রেড-ভেলভেট রির্টান হয়েছে। পার ট্রে ছ-পিস কেক, সাড়ে বারোশো টাকা। মাত্র দু-ট্রেতেই স্কুটির ইএমআই পুরো ভোগে। লকডাউনেও ইএমআই ছাড় দেয়নি ব্যাঙ্ক। যদিও সরকার কিছু আইন ইত্যাদি বানিয়েছিল, তবু ফোন এসেছে, নিয়ম বললে ওপার থেকে বলেছে, "আজ দিন বা কাল, দিতে যখন হবে এখনই দিন। না-হলে এই টাকার ওপরও ইন্টারেস্ট চাপবে।" কথাটার সত্যটুকু অক্ষ জেনেছে অনেক পরে। যাই হোক, তখন মিস গেলে না হয় হত, কিন্তু এখন ইএমআই মিস হলে স্কুটিটাই তুলে নিয়ে যাবে। স্কুটিটা এখন তার রোজগারেরই একটা অংশ হয়ে উঠেছে। যেদিন মর্নিং ডিউটি থাকে, সেই ক-দিন রাতে ফুড ডেলিভারি করে থার্টি পারসেন্ট স্যালারি মেক-আপ করে অক্ষ। আজকাল আরও দরকার হয়ে পড়ছে, এই প্রোডাক্ট রির্টানের চক্করে। একস্ট্রা টাকা না হলেও অন্তত যদি রির্টানের টাকাটা... কিন্তু ফুড ডেলিভারিও আজকাল বেশ ফিকে। বাইরের খাবারের ওপর বিশ্বাস এখনও আসেনি মানুষের, অন্তত ছোটো শহরে তো নয়ই। ফলে দিনে নো রির্টানের দিকে নজর আর রির্টান কনফার্ম হলে সন্ধে থেকে অ্যাপের দিকে তাকিয়ে দিন কাটানো ছাড়া আর উপায় নেই আপাতত। গেল সপ্তাহের নতুন দু-ট্রে রেড ভেলভেট এখনও শেষ হয়নি।

কিচেন মপটা ভিজিয়ে নেয় অক্ষ। ডিসপ্লে গ্লাসে বাষ্প জমেছে। মুছে দেয় যত্নে। ওহ! চিজ কেকের পাশে একটা প্রজাপতি বসে আছে। ঢুকল কীভাবে? কাউন্টার খুলে প্রতিদিন ডিসইনফেকটেন্ট স্প্রে দিয়ে পরিষ্কার করে স্টোরেজ, তারপরও মাছি, প্রজাপতি উড়ে বেড়ায়। বিরক্ত হয় অক্ষ। এমনিতেই বিক্রি নেই, তার ওপর

এসব পোকামাকড়ের ঝামেলা, কাস্টোমার অথরিটিকে কমপ্লেন করে দিলে একদম সোনায় সোহাগা! খাবার থাকাকালীন কোনো রকম স্প্রে-ও করতে পারবে না। ওদিকে একজন লোকও এগিয়ে আসছে দোকানের দিকে। শ্রমিক টাইপের। আজকাল এরাই যাতায়াত করে সারাদিন ধরে। এরা কেনে না কিছুই, খালি দর-দাম করে চলে যায়। তবুও আশা-ই বাঁচায় অক্ষকে। মপটা দিয়েই তাড়াবার চেষ্টা করে প্রজাপতিটাকে। কীভাবে যে এসব এখানে ঢোকে? এত ঝাঁ-চকচকে জায়গায় এমন বিবর্ণ পোকা, অক্ষ-র মন আরও খারাপ করে দেয়।

সফর

খুব খিদে পেয়েছে সফরের। সেই রাত থাকতে বেরিয়েছে ওরা। বাড়ি থেকে এয়ারপোর্টে আসতে পাক্কা সাড়ে পাঁচ ঘণ্টা লেগেছে। সাড়ে ন'টায় প্লেন। ট্রেন চললে এত তাড়াহুড়ো হত না। ভোর ভোর উঠলেই হত। প্লেনে উঠতে গেলে নাকি দু-ঘণ্টা আগে ঢুকতে হয়, বলে দিয়েছিল টিকিট কেটে দেওয়া ছেলেটা। ছেলেটারই একমাত্র কম্পিউটার আর ইন্টারনেট আছে গ্রামে। বাজারের মোড়ে এসব টিকিট কেটে দেওয়ার ব্যবসা শুরু করেছে কয়েক বছর ধরে। ট্রেনের টিকিটও কেটে দেয়। সফররা ট্রেনেই যাতায়াত করে। এবার ফিরেওছে ট্রেনেই, শ্রমিক স্পেশাল। কিন্তু এখন আর ওসব ট্রেন পাচ্ছে না। ওদিকে ঠিকাদার তাড়া দিচ্ছে দ্রুত কাজে যেতে। আর, বসেই-বা থাকবে কতদিন। গ্রামে যে কাজ আছে, তাতে যা রোজ পাবে, তারও হপ্তা দিতে হবে মাতব্বরদের। ওদিকে মজুরিও কম, কাজের জন্য মারামারিও বেশি। আগেও এসব ছিল সেকারণেই ঘর গ্রাম ছেড়ে মুম্বাইতে গিয়েছিল খাটনি আছে, তবে টাকাও আছে। জন্মের পর এ-কথা তার বুঝতে দেরি হয়নি

যে টাকা পেলে খাটনি করা যায় আনন্দে। তাই চার মাস পর এবার ফিরে যাচ্ছে কাজের শহরে। ওরা মোট উনিশজন কাজ করত। তাদের মধ্যে সতেরোজনই ফিরে এসেছিল। ঠিকাদার ফোন বন্ধ করে দিয়েছিল লকডাউনের প্রথম সাতদিনেই। উঁচু মানুষেরাই আগে খবর পায়, এরপরে পরিস্থিতি কী হবে! সফররা কেবল আশায় বাঁচে। তারা চিরকাল এই স্বপ্নই দেখে, সব ঠিক হয়ে যাবে।

সব ঠিক হল না। কাজ বন্ধ হল তিন সপ্তাহ। হপ্তাও নেই। রেশন, ত্রাণ তারাই পায় যাদের কার্ড আছে, ঘর আছে, দেশ আছে। পরিযায়ীরা বর্ষার মতন, রাস্তায় জল না জমলেই ভালো লাগে। গান বাঁধা যায়, কবিতা… জমা জল ঘরে ঢুকলেই মুশকিল। বান্দ্রা স্টেশনে যেদিন ভিড় উপচে পড়ল, সেদিনই সকলে ভুলে গেল এরাই ঘরে বেঁধে দেয় দেশের। সফর পরে শুনেছে, কেউ কেউ নাকি বলেছে ওদের শুয়োয়ের মতো পুড়িয়ে মারা উচিত। পুড়ে না মরলেও, দু-দিন জল, খাওয়া ছাড়াই খড়গপুর স্টেশনে এসে নেমেছিল ওরা সতেরোজন। জমানো টাকায় বেশি দিন চলেনি। রেশন পেয়েছিল ঘরে ফিরে। দুটো ছাগল আছে সফরদের। দুধ বেচে মুদি মালও কিনেছে। মাঝে মাঝে সরকারদের পুকুরে ছিপ ফেলে দু-চারটে পুঁটিও পাতে দিতে পেরেছে ছেলেটার। লতা যে মাঠে ধান ঝাড়ার কাজ করত সেখানে যেতে পারেনি অনেক দিন। বেশি লোক হলেই পুলিশ এসে হুজ্জত করেছে। সংসারে জমানো বলতে এক চালার ঘর আর দুটো ছাগল। মজুরির টাকা মাসে, কখনও হপ্তাতেই লতার গ্রামীণ ব্যাঙ্কের অ্যাকাউন্টে পাঠিয়ে দেয় সফর। তার থেকে কিছুই জমাতে পারে না লতা। উলটে নিজেকেও কাজ করতে হয়। লকডাউনে সফর কিছু পাঠাতে পারেনি, নিয়েও আসতে পারেনি। যেটুকু টাকা ছিল, ট্রেনের টিকিট আর ঘরে ফিরে চার দিনের খাওয়ার খরচেই শেষ। ঠিকাদার ফিরতে বলছে বটে কিন্তু ফেরার ব্যবস্থা সে করবে না। ফিরলেই হপ্তার টাকা আগাম দেবে বলেছে, তবে তারও নিশ্চয়তা নেই। ট্রেনেও নেই। নেতাই

বলল, "এবার তাহলে পেলেনেই চলো। যারা ফিরেছে তারাও ওতেই ফিরেছে।" নেতাই এসবের খবর রাখে। ওর ভরসাতেই এ-গ্রামের উনিশটা ছেলে মুম্বাই গেছে কাজে। ফলে ওকেই ওরা নেতা মানে। হিসেব হল যেতে সকলের অন্তত হাজার পাঁচেক করে লাগতে পারে। সঠিকটা পাড়ার টিকিট কাটার ছেলেটার থেকে আজই জেনে নেবে। সন্ধ্যায় খবর এলো প্রায় ছয় হাজার করে পড়বে প্রতি টিকিট। রাতে শুয়ে শুয়ে হিসেব করে খালি, কেবল ছ-হাজার তো নয়, এয়ারপোর্টে যেতেও খরচ আছে। বাস তো নেই রাস্তায়। লকাইয়ের টেম্পোটা দিয়ে আসবে বলেছে, মাথা পিছু হাজার টাকা। মুম্বাইতে নেমেও সাইটে পৌঁছোতে একটা খরচ হবে। তারপর অন্তত এক হপ্তার খাওয়ার খরচ হাতে রাখতে হবেই। সব মিলিয়ে হাজার নয়েক লাগবেই। এদিকে বাড়িতেও চাল, গালা মাল বাড়ন্ত। লতার হাতেও কিছু খরচ দিয়ে যেতে হয়! এটুকু খাটে বেশি নড়াচড়া করলে সকলেরই অসুবিধা হয়। কিন্তু আজ রাতে ঘুম আসে না সফরের। লতারও ঘুম হালকা হয় সফরের অস্বস্তিতে।

—কী অত চিন্তা করো?

সফরের বুকে হাত তুলতে গিয়ে হাতের দু-গাছা চুড়ি ধাতব শব্দ করে ওঠে। সফর লতার হাতের ওপর হাত রেখে, তার ফিরে যাওয়ার হিসেব দেয়। দুজনেই দীর্ঘশ্বাস ফেলে খানিকক্ষণ চুপ করে রইলো। লতা-ই কথাটা তুললো— "একখানা ছাগল বেচে দিলে কেমন হয়? সামনেই বকরি ইদ আসছে..." সফর বিছানায় উঠে বসে। "আরে এতগুলো বছরে এটুকুই জমাতে পেরেছি। খারাপ সময়ে দুধ বেচলেও তো ছেলেটার মুখে ভাত জোটে!" লতাও উঠে বসে এবার। "আরে, তুমি কামে গেলে আবার আর একটা কিনে নেব। আর মালাটা বুড়োও হয়েছে।" লতা ছাগল দুটোর নাম রেখেছে— ছোটোটা মুক্তো, বড়োটা মালা। সফর চুপ করে। আবার শুয়ে পড়ে। লতা কিছু একটা শোনার আশায় বসে

থাকে। অনেকটা সময় চুপচাপ থাকে দু-জনেই। ওপাশ ফিরতে ফিরতে সফর বলে, "আচ্ছা, তাই না হয় করব..."

বারো হাজার টাকায় ছাগল বেচে মুম্বাই যাচ্ছে সফর। জীবনে প্রথম এয়ারপোর্টে ঢুকলে যা যা হয়, ওদেরও একই অবস্থা। পাক্কা আধ ঘণ্টা লেগেছে লাগেজ কাউন্টার খুঁজে পেতে। সফরের মনটা খুঁত খুঁত করেছে, ব্যাগটা মুম্বাই গেলে পাবে তো! হাজারটা নিয়ম মেনে সিকিউরিটি চেকে দাঁড়িয়ে প্রচণ্ড খিদে পেল তার। লাইন এগোয়ই না। কয়েকজন পুলিশ কম্পিউটারে লোকজনদের ব্যাগ দেখছে। অন্য একজন পুলিশ শরীরের ওপর একটা যন্ত্র ঘুরিয়ে তারপর ছাড়ছে। বহু লোককেই আবার ব্যাগ খুলতে হচ্ছে ওদের চোখের সামনে। সফরকেও খুলতে হল। দাড়ি কাটার ব্লেড নিয়ে যাওয়া যাবে না। তাও ভালো, ভুল করে কাঁচিটা বড়ো ব্যাগে ছিল, নাহলে ওটাও ফেলে দিতে হত। সব আবার গুছিয়ে নিয়ে বাথরুম খোঁজে সফর।

খিদেটা সবার একদম মাথায় চেপে বসেছে। মুশকিল হল এখানে নাকি বাড়ির খাবার আনা যাবে না। নেতাই বলেছিল এয়ারপোর্টে খাবারের দোকান আছে। বাথরুম থেকে বেরিয়ে সফর সেই দোকানের দিকে এগোয়। একটা ছোটো গলির মতো রাস্তা পেরোতেই মল-এর মতো জায়গায় এসে পড়ে সফর। দেওয়ালের দিকে পর পর দোকান। অনেকগুলোই বন্ধ। যেগুলো খুলেছে সেখানেও খদ্দের তেমন নেই। মল-এর মাঝের অংশে যাত্রীদের বসবার জায়গা। ভাইরাসের জন্য তার মধ্যে কিছু কিছু চেয়ারে বসা নিষেধ। ওখানেই ওদের দলের কেউ কেউ বসেছে। সফর ওদের এড়িয়ে খাবারের দোকান খোঁজে। কোনার দিকে একটা খাবারের দোকান পায় সে। কেক আছে। ইংরেজিতে লেখা আছে, চা-ও আছে। সফর দোকানটার কাছে যায়। লাল রঙের একটা কেক তার খুব পছন্দ হয়। কী যেন নাম! রেড... পরেরটা আর পড়তে পারে না। দোকানের ছেলেটাকে আঙুল

দিয়ে দেখায় কেকটা। দাম জানতে চায়। ছেলেটা ট্রে-গুলোর মধ্যে মুখ ঢুকিয়ে কী যেন করছে হাতে একটা মোছানি নিয়ে। সফর একবার হাঁক দেয়, "দাদা, ও দাদা। এই কেকটার দাম কত?" ছেলেটা একটু বিব্রত। কিছু একটা হয়েছে বোধহয়। নাকি সফরের ভাষা বোঝেনি? সফর এবার হিন্দিতে জানতে চায়, "ভাইয়া, ইয়ে কেককা দাম কিতনা?" ছেলেটা কষ্ট করে একটু হাসে। মাথার টুপিটা ঠিক করে, মাস্কটা নাকের ওপরে তুলে পরিষ্কার বাংলায় বলে, "তিনশো উনপঞ্চাশ।" সফর চমকে ওঠে। এক টুকরো কেক তো সোনার চেয়েও দামি! ছেলেটা স্মার্টলি বলে, "বিস্কুটও আছে, একশো টাকা।" হাত তুলে একটা প্লাস্টিকের জার দেখায়। সফর দেখে লম্বা মতন বোতলে চারটে মোটা বিস্কুট। তার দামও একশো! ওর মাথায় ঢোকে না কেন এত দাম! পকেটে হাজার দুয়েক আছে বটে। কিন্তু পৌঁছেও তো দিন চারেক চালাতে হবে। এবার পুরো হপ্তা পাবে না। ভাঙা হপ্তায় কাজ শুরু করবে ওরা। যা পাবে সবটাই পাঠাতে হবে লতাকে। সে যদিও প্রয়োজনের তুলনায় কম। দোকানে ধার হয়েছে। ছাগল বেচে তিন হাজার দিয়ে এসেছে লতার হাতে। সব মিটিয়ে যদি কিছু বাঁচে, সামনের বছর আর একটা ছাগল কিনবে। ছাগলটা নিয়ে যাওয়ার সময় ছেলেটা খুব জ্বালিয়েছে। কোথায় নিয়ে যাচ্ছে, কেন নিয়ে যাচ্ছে, হাজারটা প্রশ্ন। লতা নতুন ছাগলের গল্প বলে ভুলিয়েছে। টিকিট কাটার টাকা থেকে দুশো টাকা ফেরত এসেছিল। মাছ কিনে ফিরেছিল সেদিন সফর। বাকি খুচরোটাই এখন পকেটে আছে। বাকি টাকা দু-হাজার, লুকোনো পকেটে। সাইটে ফোন করে বলে দিয়েছে আজ আসছে ওরা। দুপুরের ভাত করতেও বলেছে। বিকেলে টাকা তুলে বাজার হবে। ওদিকে তিনটে ছেলে আসেনি। হেড কমেছে। সফর হিসেব করে, হেড কমলে ওদের খরচ বাড়বে কিনা! নাকি একই থাকবে? এসব হিসেব করেই কেকের দোকান থেকে সরে আসে। খিদেটাও যেন শান্ত হয়ে গেছে, জল খেলেই

বাকিটা ঘুমিয়ে পড়বে। ফিরে যেতে যেতেই মাথায় আসে, চা-ও তো পাওয়া যায় দোকানটায়। সে খেলেও খিদে মরবে।

প্রজাপতির মৃত্যু

প্রজাপতিটা রেড ভেলভেটের গায়ে লেপটে গেছে। মরে গেছে কিনা বোঝা যাচ্ছে না। ব্যাটা এটাকে ফুল ভেবেছিল হয়তো! ফালতু একটা কেক নষ্ট হল। পোকা বসলে কী করতে হয় স্টক লিস্টে, সেই সিস্টেম জানে না অক্ষ। ফোন করে জানতে হবে। মপ দিয়েই কেকটা তোলে। ছবি তুলে রাখবে? প্রমাণ হিসেবে? খারাপ নয় আইডিয়াটা। পকেট থেকে ফোন বের করতে করতেই সেই লোকটা আবার ফিরে আসে। ওফ, আরে ভাই তোর অওকাত নেই এসব কেনার! মনে মনে বিরক্ত হয় অক্ষ। তবু মুখে হাসি রেখে বলে, বলুন। সফর দ্বিধায় জানতে চায়, চা আছে?

—আছে।

—কত?

—একশো।

সফরের বুকটা আবার শুকিয়ে যায়। এক কাপ চা একশো!

—আর জল?

—ষাট টাকা।

সফর বুঝল এটাই হল দোকানের সবচেয়ে সস্তা বস্তু। পকেট থেকে একশো টাকার নোটটা বের করে বলে, "একটা বোতল দিন না।" এয়ারপোর্টে বাইরের জল নিয়েও ঢুকতে দেয় না। অক্ষ হাতের কেক নিয়ে ফেরে চায়ের কাউন্টারের দিকে। সফর হঠাৎ বলে ওঠে, "ওটা কী, দাদা?" অক্ষ একটু অপ্রস্তুত হয়। "কিছু না। কেক। পোকা পড়েছিল। ফেলে দিচ্ছি।" সফর কয়েক মুহূর্ত কী যেন ভাবে,

—আচ্ছা ওটা না ফেলে আমাকে দিয়ে দিন না।

—না, ওটা দেওয়া যাবে না স্যর। পোকা আছে বললাম যে! অক্ষ কেকটা ঘুরিয়ে আটকে থাকা প্রজাপতিটা দেখায় সফরকে।

—ওটা তো প্রজাপতি।

—হ্যাঁ। কিন্তু এই কেক খেলে শরীর খারাপ হবে। সেই কাল থেকে মরে পড়ে আছে বোধহয় কেকটার ওপর। আমি এখন ছবি তুলে পাঠাব কোম্পানিকে।

—মরা প্রজাপতি খেলে শরীর খারাপ হয় না তো!

সফর নাছোড়বান্দা। অক্ষও।

—না, আমি দিতে পারব না। কিছু হলে আমাকেই...

তাড়াতাড়ি মোবাইল ক্যামেরা অন করে কেকটার ছবি তুলতে যাবে হঠাৎ প্রজাপতিটা এক ঝাপটায় ক্রিম মুক্ত হয়ে উড়ে গেল। ক্রিম হয়তো ওর ডানা ভারী করে দিয়েছে। ডানার কোথাও কোথাও সাদা ক্রিম লেগে আছে। ফলে বেশি দূর উড়ে যেতে পারে না। চায়ের কাপগুলোর ওপর বসে। কয়েক মুহূর্ত জিরোয়। আবার উড়তে শুরু করে। অক্ষ-র ঠিক পিছনে যে দেওয়ালে বাসন ধোয়ার সিংক, তার ওপরের একজস্ট ফ্যানের ভেতর দিয়ে পালাতে চেষ্টা করে। পালাতে পারে না। প্লাস্টিকের ধারালো ব্লেডে ক্রিম লাগা ডানা দুটো খসে বাতাসে উড়তে থাকে। বাকি শরীরটা ধপ করে সিংকের পাশে রাখা কেকটার ওপর এসে পড়ে।

কমরেড

'শেষ খেয়া; কে যাবে গো?'

একজন চাপ-দাড়িওয়ালা লোক ডাক দিচ্ছে। পরনে হাঁটু পর্যন্ত গোটানো প্যান্ট। আগে হয়তো প্যান্টটার কোনো রং ছিল, এখন তাকে কেবল সাদা-কালো বলেই চালিয়ে দেওয়া যাচ্ছে। গায়ে ফ্যাকাসে লাল রঙের গেঞ্জি। তাতে চারটে ফুটোও আছে। ভালোভাবে খেয়াল করলে আরও ফুটো চোখে পড়তো মনে হয়। কিন্তু সে ডাক দিতে দিতে এদিক-ওদিক ঘুরছে। এত চলমান দৃশ্যকে ধরে রাখা যায় না। লোকটার চুল হাওয়াতে হাওয়াতে ঝাউবন হয়ে গেছে। গায়ের রঙের সঙ্গে চুলের রঙের ফারাক কেবল এটুকুই যে চুলে কিছুকাল আগে লোকটি মেহেন্দি লাগিয়েছিল, তার লালচে কমলা রং খেয়াল করলে চোখে পড়ে। সে কেবলই ডেকে চলেছে। যদিও যতদূর চোখ যায় কাউকে দেখা যায় না। এখানে কি কোনো নদী আছে? বোঝা যায় না। দূরের দৃশ্যকে ঘষা কাচের মতো মুছে দিয়েছে একটা কুয়াশা। এখানে কি খুব ঠান্ডা? তাহলে লোকটার গায়ে কোনো ভারী জামা নেই কেন? জলে তো আরও ঠান্ডা লাগে। অভ্যাসে তাকে আটকানো যায় কি?

এখানে রাস্তা কাঁচা। পিচের গন্ধ এ-মাটি মাখেনি কোনোদিনও। পাড় ঘেঁষে রাস্তা। তারই ধারে ধারে দোকান, বাড়ি। সবই কাঁচা। সে দেওয়ালেও নতুন মাটির প্রলেপ পড়েনি অনেকদিন হল। মাটি ফেটে গেছে। এই ঘরগুলোতেও কি মানুষ নেই? দৃশ্যে কেবল সেই মাঝি ছাড়া আর কেউ নেই কেন? খুব ভালোভাবে দেখলে একটা খোলা ঘর থেকে ধোঁয়া বেরোতে দেখা যাচ্ছে। উনুন ধরিয়েছে কেউ! চায়ের দোকান বুঝি? ভেতরে বাঁশের বেঞ্চি আছে? ও বাবা, এ যে আর্যা! সে এই দোকানে কী করছে? চা সে খায় না। প্রতিদিনের মতো তার সেই বেরঙা সালোয়ার কামিজেই সে বেরিয়েছে। তাকে মেক-আপ করতে কেউ দেখেছে বলে দাবি করতে পারে না। সারাদিনের পর কোনো বিয়ে বাড়ি থাকলেও সে ধুলো পায়ে, রং-চটা জামাকাপড়েই চলে যায়। আবদারে ছবিও তোলে। কেউ অনুযোগ করলে মুচকি হাসে। এড়িয়ে যায় সেই সব আলোচনা। জাঁকজমকের যে একটা ঔপনিবেশিক ইতিহাস আছে সে কথা ওখানে কে শুনবে? ও চোখের দিকে এগিয়ে আসছে। মুখে মিহি হাসি। তার ফর্সা কুমারী মুখে ওটুকুই লাবণ্য। বাকি শরীরটা নুয়ে গেছে কোনো এক অজানা লড়াইয়ে। মাঝি ডেকেই চলেছে এই দৃশ্যে। তাকে যেন কেউ থামতে মানা করেছে। অথবা বুঝিয়েছে এমন দৃশ্যে আজকাল সিনেমামেকাররা পয়সা খরচ করে মিউজিক করেন না। ডাকটাই এখানে মিউজিক হিসেবে বুঝে নিতে হয় দর্শকদের। সে আর্যাকে ডাকে। 'দিদি, যাবে নাকি?' আর্যা হেসে মুখ ফেরায়। সে যাবে না। ওকে এই লোকটাও চেনে? আর্যাকে সকলে চেনে। সে সকলের দিদি। আশি বছরের সবজিওয়ালারও সে দিদি, বস্তির সদ্য মস্তানেরও সে দিদি। তাকে কঠোর মুখে খুব কম মানুষই দেখেছে। কেউ কেউ দেখেছে যদিও। সেসব উত্তাল সময়ে। তা স্থায়ী হয় না বেশিক্ষণ। সময়ের খরস্রোত আছড়ে নিয়ে চলে যায়। বাকি সময় আপাত স্থির, শান্ত উপত্যকা। একঘেয়ে চলতে থাকা জীবন। গ্রীষ্মে কপালে ঘাম জমে, জলে

কাদায় হালকা রঙের প্যান্ট নোংরা হয়, শীতে আগুন জ্বালায় পথবাসী, বসন্তে পলাশ খোঁজে বনসাই শহর। বন্যা, ঝড় এখানে মুহূর্ত, তুষারপাতের এখানে প্রবেশ মানা। 'দিদি, তুমি যাবে না?' মাঝি আর্যার এত কাছে চলে এলো কখন? আর্যা দাঁড়িয়ে আছে। ভাবছে কিছু? হঠাৎ সমস্ত দৃশ্যের নৈঃশব্দ খানখান করে গুলি চালায় কে? আর্যার ফর্সা প্রশস্ত কপালের ঠিক মাঝখানে। স্কেল দিয়ে না মেপেও বলে দেওয়া যায় এখানটাই মাঝখান। দু-ভুরুর ঠিক মাঝখানে। ফ্যাকাসে মুখটা এখন রক্তে ভেসে যাচ্ছে। আর্যা আর দাঁড়িয়ে থাকতে পারেনি। ধুলোতেই গড়িয়ে পড়েছে। তবে তার হাসি মিলিয়ে যায়নি। ভারী রক্ত বন্ধ করতে পারেনি তার বিষাদপারের চোখ। দৃশ্যে কুয়াশা বাড়ছে। ঢেকে যাচ্ছে মাঝি, মাটির ফুটিফাটা ঘর। আর্যা? আর্যাকে দেখা যাচ্ছে না কেন? এত সাদা, এত তীব্র, এ-কেমন কুয়াশা?

গলা শুকিয়ে গেছে দিব্যর। মাথার পাশের টেবিলেই প্রতি রাতে কুহু জলের বোতল রাখে। সুন্দর দেখতে কাচের বোতল। নিউ টাউনের কোনো এক হোম ডেকর শপ থেকে সে নিজে বেছে কিনে এনেছে। দিব্য সাবধানে বোতলের মুখ খুলে জল খায়। অনেকটা। গলা সমুদ্রে ডুবিয়ে রাখলে যেন এই পিপাশা মিটবে! কুহু আশেপাশে নেই। হয় রান্নাঘরে, না হলে স্নানে গেছে। কুহু সকাল সকাল স্নান করে নেয়। খুব গরম পড়লে তিনবেলা স্নান করে ও। সে গায়ে ঘাম জমতে দেয় না। এ তার শৌখিনতা। কুহু একেবারে ঘরোয়া মেয়ে। সংসার সাজিয়ে রাখতে ভালোবাসে। পরিপাটি রান্না, জমকালো ড্রয়িং রুম, টিপটপ ওয়ারড্রোব। এই তার সারাদিনের কাজ। এর বাইরে জগতে কী ঘটে চলেছে তাতে সে নিরুত্তাপ। দিব্য এলাকার হবু কাউন্সিলর। এটুকু জেনেই কুহু খুশি। দিব্যর কোন দল, সে দলের এজেন্ডা কী... তাতে কুহুর কিছুই যায় আসে না। এতে দিব্যর বেশ সুবিধেই হয়েছে। প্রশ্নের তলায় থাকতে হয় না। তার কেরিয়ার সম্পর্কে যেটুকু সে

বলে দেয়, তার বাইরে কিছুই জানতে চায় না কুহু। তবে দিব্যর সময়াভাবই তার একমাত্র অভিযোগের জায়গা। এই যে বিপুল সংসারের ভার সে একা কাঁধে বয়ে বেড়াচ্ছে এই অভিমান, বিয়ের দেড় বছরেই বেড়ে বেড়ে পাহাড় হয়ে উঠেছে। দিব্য মাঝে মাঝে ভাবে এমন জীবনই কি সে চেয়েছিল? সেই ছাত্রজীবনে যখন আগত বিপ্লবের শপথ নিয়েছিল, তখন চার দেওয়ালের বাইরে এই বিশ্বচরাচরই ছিল সংসার। একে সুন্দর করাই ছিল তার স্বপ্ন। আর্যা সেই স্বপ্নের সাথি। যাকে প্রোপোজ করা বলে, তা কোনোদিন তাদের করতে হয়নি। মিছিলে পাশাপাশি হেঁটে এ-ওর ক্লান্ত স্লোগান ধরে নেওয়ার অভ্যাস, ভরসাই তাদের ভালোবাসা হয়ে উঠেছিল। এই দৃশ্যে কুহু বড়ো বেমানান। তবু দিব্য তার নতুন জীবনে বহু প্ল্যান করে এই ডিসিশন নিয়েছিল। কুহু ছিল তার এগোনোর পথ। স্বপন ঘোষ, কুহুর বাবা রুলিং পার্টির জেলা সম্পাদক, এলাকার পুরোনো প্রোমোটার। আজকাল সরকারি কনট্রাক্টও নিচ্ছেন। বিয়ের পর দিব্য এখন তার পার্টনার। কুহু এক সন্তান হওয়ায় রাজপাঠ পেতে সুবিধেই হয়েছে দিব্যর। একদম নতুন দলে অল্প দিনেই তার এই বিশেষ গুরুত্বের জন্যও এই ভদ্রলোকই দায়ী।

—উঠলে? চা বানিয়ে তা আবার ঠান্ডাও হয়ে গেল!

কুহু ভেজা চুলে টাওয়েল জড়িয়ে সিঁদুর পরতে আয়নার সামনে দাঁড়ায়। আজ সকালবেলাতেই শাড়ি পরেছে। কোথাও যাবে নাকি?

—সকালে বেরোবে না কি?

দিব্য বিছানার পাশের ড্রয়ার থেকে সিগারেটের প্যাকেট আর দেশলাই বের করে। কুহু জানালা খুলে দেয়। বন্ধ ঘরে সিগারেট খাওয়াতে তার ঘোরতর আপত্তি। এসি বন্ধ করে দেয় দিব্য। কলকাতায় মার্চ থেকেই এসি চালাতে হয়।

—না তো!

—তবে শাড়ি পরেছ যে!

—ওমা, আজ বৃহস্পতিবার না! লক্ষ্মীর ঘট বসাতে হবে। দাঁড়াও চা গরম করে দিচ্ছি। আজ ব্রেকফাস্ট হতে দেরি হবে। পুজো করে দেব। তোমার বেরোবার তাড়া নেই তো?

দিব্য জানায় তার তাড়া নেই। আজ একটাই মিটিং। সে-ই প্রধান বক্তা। পৌরসভার ইলেকশন ডেট প্রকাশ হয়ে গেলেও এখনও প্রচারের সেই জোয়ার ওঠেনি। দেওয়াল লেখা চলছে, সাথে প্রার্থী পরিচয়পর্ব। আগামী সপ্তাহ থেকে আর নিশ্বাস নেওয়ার সময় থাকবে না ওদের। দিব্যর প্রথম লড়াই বেশ কঠিন। সতেরো বছরের রাজনৈতিক গুরুই ওর অপোনেন্ট। জিততে দিব্যকে হবেই। নতুন দল তাকে দায়িত্ব দিয়েছে। বিরোধীদের এই দুর্জয় ঘাঁটি তাকেই জয় করে দিতে হবে। কারণ, এই এলাকা তার নখের ডগার মতো চেনা। আর যে অপমান তাকে নলিনদা করেছিল, তার প্রতিশোধ ওকে নিতেই হবে!

কুহু চা রেখে যায় টেবিলে। দিব্য পেপারের প্রথম পাতায় খবর খুঁজছে। বক্তৃতার রসদ। চোখ তুলে কুহুকে দেখে। ফিরে যাচ্ছে সে তার ঠাকুরঘরে। ডিপ কাটের ব্লাউজে অনেকখানি পিঠ দেখা যায়। সেদিকে তাকিয়েই থাকে দিব্য। দরজার আড়ালে সে হারিয়ে গেলে মনে হয়, কুহুকে ডাকলেই হত। এমন নিস্তরঙ্গ সকালে আদরে ভাসলে ক্ষতি কী!

—এই কুহু! কুহু! একবার শোনো না।

কুহু ফিরে আসে।

—কী বলছ?

—এদিকে এসো।

কুহু দিব্যর কাছে এসে দাঁড়ায়। দিব্য তার হাত ধরে আদরে।

—বসো না একটু।

—না, না। বাসি বিছানায় বসব না। পুজো দিতে যাব!

দিব্য নাছোড়। এক হ্যাঁচকা টানে বুকের কাছে টেনে নেয় কুহুকে। কুহু নকল আপত্তি জানায়। দিব্য তার সদ্য শ্যাম্পু করা চুলে নাক ডুবিয়ে দিয়ে আপত্তিকে আদরের দিকে নিয়ে যেতে চায়। কুহুর আঁচল বুক থেকে খসে দিব্যর হাতে জড়িয়েছে সেটা সরাতে গিয়ে হঠাৎ খেয়াল হয় আর্যার দেওয়া শাড়িটা না? চমকে কুহুর মুখের দিকে তাকাতেই দেখে তার একদম সামনে আর্যা, কপালে বুলেটের গভীর ক্ষত, রক্ত শুকিয়ে আছে তার চারপাশে। এখনও কেউ পরিষ্কার করেনি। ভয়ে দু-হাত দিয়ে ঠেলে সরিয়ে দেয় শরীরটা। কুহু যন্ত্রণায় ককিয়ে ওঠে,

—আঃ, কী হচ্ছে দিব্য! লাগছে!

দিব্য এক ঝটকায় উঠে বসে। কুহুর জ্বলন্ত চোখের দিকে তাকিয়ে সে বোকার মতো চুপ করে থাকে। কাপড় ঠিক করতে করতে কুহু দ্রুত পায়ে ঘর থেকে বেরিয়ে যায়।

২

মুখের ভেতরটা জ্বলে যাচ্ছে। একগাদা পেস্ট নিয়েছে দিব্য। ইচ্ছে করেই নিয়েছে। আধো ঘুমে স্বপ্ন দেখাটা কাজের নয়! কুহু কী ভাবল কে জানে? একটা অপরাধবোধ কাজ করছে সেই তখন থেকে। বাথরুম থেকে বেরিয়ে কুহুর দিকে তাকাতে পারবে? দিব্যর সমস্ত অতীত সে জানে না। কোনোদিন জানতেও চায়নি। দিব্যর বিশ্বাস বিয়ের আগে বাবার কাছ থেকে সে জেনে নিয়েছে তার অতীত। তবু, সবটা কি জানতে পেরেছে? জানলে আজ সকালে আর্যার দেওয়া শাড়িটা পরত? তাদের বিয়েতে ইচ্ছে করেই পুরোনো দলের অনেককে নিমন্ত্রণ করেছিল দিব্য। বুঝতে চেয়েছিল আর কে কে তার সঙ্গে আসতে চায়। আর্যা ছাড়া আর কেউ আসেনি। কোনো মিছিল থেকে এসেছিল বোধহয়।

কাঁধে ঝোলানো ব্যাগ থেকে একটা ব্যানার উঁকি মারছিল। সেই আলুথালু ড্রেস, ধুলো-মাখা পায়ে সস্তার জুতো। খায়নি কিছুই। গিফট প্যাকেটটা কুহুর হাতে দিয়ে একটা ছবি তুলেছিল। ঠোঁটে লেগেছিল নরম হাসি। আর্যা ঠাট্টার ছলে বলেছিল, 'সামলে রেখো কিন্তু, বাবু মাঝে মাঝেই উধাও হয়ে যান!' বউভাতের পরের দিন কুহুই শাড়িটা দেখিয়েছিল। 'যাই বলো, আর্যার পছন্দ আছে। কী সুন্দর ডিজাইন'। হালকা হলুদের মধ্যে লাল সুতোয় বোনা। আর্যাকে কোনোদিন শাড়ি পরতে দেখেনি দিব্য।

পরের বেশ কয়েক সপ্তাহ ওয়ার্ডে আলোচনা চলেছিল আর্যা কি নতুন দলে যাচ্ছে! দিব্য তাকে বিরাট টোপ দিয়েছে। না হলে দল ছেড়ে যাওয়া কোনো কর্মীর বিয়েতে কেউ যায়? তাও তাদেরই রাইভাল দল! এসবই আর্যা ভুল প্রমাণ করেছিল সপ্তাহ তিনেক পর মূল্যবৃদ্ধির প্রতিবাদে মিছিল লিড করে। দিব্য কড়া নজর রেখেছিল সমস্ত ঘটনার ওপরে। সে ছাড়া আর কেউ এলো না নতুন দলে। নতুন যারা দলে বন্ধু হল তাদের সকলকেই দিব্য বাজিয়ে দেখল। যাদের মনে ধরল না, সন্দেহের ডায়েরিতে আলাদা করে লিখে রাখল নাম-ধাম।

কুহু দরজায় টোকা দিলো। 'চা যে আবার ঠান্ডা হয়ে গেল'। কমোডের মধ্যে জ্বলন্ত সিগারেট ফেলে ফ্লাশ করে দেয় দিব্য। হাতে ধূপকাঠি নিয়ে সারা ঘরে ঘুরছে কুহু। দিব্যর দিকে না তাকিয়েই হাত তুলে টেবিলে রাখা চায়ের কাপ দেখিয়ে দেয়। দিব্য রাতের বিছানা গুছিয়ে রাখে। সাধারণত এটা তার কাজ নয়। কিন্তু আজ সকালের এমবেরাসমেন্ট কমানোর এটা একটা প্রস্তুতি। হ্যাঙার থেকে ঘরে পরার ফতুয়া গায়ে চাপিয়ে, চায়ের কাপ নিয়ে বসে চেয়ারে। মাথাটা টিপটিপ করছে। ঘুমের ডিস্টার্বেন্স থেকে হতে পারে। তবু কপালে হাত দিয়ে দেখে জ্বর আছে কিনা! প্রতিদিন হাজার হাজার মানুষের সাথে দেখা করছে, আজকাল মাস্ক পরাও উঠে গেছে। সে মাস তিন আগেই ইনফেকটেড

হয়েছিল। মাইল্ড কিন্তু শরীরের দুর্বলতা কাটতে প্রায় পনেরো দিন লেগেছিল। কুহু নিয়ম করে চিকেন স্টু খাইয়েছে। সেবার প্রায় মাস দেড়েকের জন্য টাইফয়েডে ভুগেছিল দিব্য, নদীয়ার একটি গ্রামে ভোট করাতে গিয়ে। বাপ্পা আর আদিত্য ছিল ওর সঙ্গে। সারাদিন কাজ করে এসে ছেলে দুটো রান্না করত। ডাক্তার বসু বাইরের কোনো খাবারই না করে গিয়েছিলেন। বসু দলের নদীয়া জেলা সম্পাদকমণ্ডলীর সদস্য। বাপ্পারা বাইরে খেয়ে এলেও দিব্যর খাবার রেঁধে দিতে হত। সেই সময় প্রায় সাতদিন জ্ঞান ছিল না দিব্যর। ছেলে দুটো ওর সঙ্গ ছাড়েনি। সারা রাত পালা করে মাথায় জল ঢেলে সকালে গেছে ভোটের প্রচারে। ট্রেনে কলকাতা ফিরতে পারবে না, আবার গাড়ি ভাড়া করে আসাও সম্ভব নয় বলে দিব্য ওখানেই থেকে গিয়েছিল। হঠাৎ ছেলে দুটোর মুখ মনে পড়লো দিব্যর। আদিত্য আর নেই। গেল বিধানসভা ভোটে খুন হয়েছে। দক্ষিণ চব্বিশ পরগনায় ভোট করাতে গিয়েছিল। রাতে বাড়ি ফেরার পথে সাইকেল থেকে নামিয়ে কুপিয়েছিল। কাগজে বড়ো হেডলাইন; পুলিশ ডাকাতি বলে চালায়। কোর্টেও তাই প্রমাণ হয়েছে। কিন্তু কী খোয়া গেছে ছেলেটার থেকে তা আজও কেউ জানে না। দিব্য জানে ছেলেটার পকেটে খুব বেশি হলে হাজারখানেক পার্টি ফান্ডের টাকা ছাড়া আর কিছুই থাকবে না। ডাকাতরা সাইকেলটাও নেয়নি। কোর্টে এসব প্রশ্ন এসেছিল, কিন্তু তথ্য-প্রমাণ জোগাড় হয়নি। বাকি কানাঘুষো বিপুল জনসমর্থনের ভোটে ভেসে গিয়েছিল। দিব্যও এত খুঁটিনাটি পেপার থেকেই জেনেছে। ছেলেটা খুব ভালো ডাল রাঁধত। হরেক রকম ডাল। সাথে ওর এক বাংলাদেশি মাসির থেকে শেখা ভর্তা। একবার শুঁটকি মাছের ভর্তা খাইয়েছিল। দিব্য শুঁটকি খায় না। ওকে না জানিয়েই খাইয়েছিল। ওহ, কী স্বাদ! দিব্যকে কথা দিয়েছিল আরেকবার খাওয়াবে...

কুহু পুজো করে আয়রন করা জামা-কাপড় আলমারিতে

তুলতে এসে দাঁড়ায়,

—মাথায় কী হল?

কপাল থেকে হাত সরিয়ে দিব্য তাকায়! তাকিয়েই চোখ লুকিয়ে নেয়।

—কিছু না। মাথাটা ধরেছে।

কুহু জামা-কাপড়গুলো বিছানার ওপর রেখে কাছে আসে। কপালে হাত রাখে। তাপ বুঝে নেয়।

—জ্বর তো নেই!

—না, না, জ্বর নয়। রাতে ঘুমের মধ্যে খুব বাজে স্বপ্ন দেখেছি।

কুহু উদ্বেগের সঙ্গে তাকায়। দিব্যর কাছ ঘেঁষে বসে।

—বাবাকে বলো, ক-দিনের বিশ্রাম নাও।

—তা কেমন করে হয়! সামনে ইলেকশন। এখন বিশ্রাম নেওয়া যায়? জিততে হবে না?

দিব্য কুহুর পিঠে হাত রাখে। ক্ষমা চাওয়ার মাটি প্রস্তুত।

—আজ সকালের জন্য স্যরি। কাল রাতে এমন স্বপ্ন দেখেছি না!

—কী এমন দেখেছ যে আমাকে দেখেও ভয় পেয়ে গেলে?

—খুন। খুনের স্বপ্ন...

কুহু চমকে ওঠে।

—কী বলছ! বাবাকে বলো তোমাকে যেন সিকিউরিটি দেওয়ার ব্যবস্থা করে। তুমি না বললে আমিই ফোন করছি।

কথা শেষ করতে না করতেই ফোন তুলে নেয়। দিব্য ব্যস্ত হয়ে তাকে থামায়।

—আরে স্বপ্নের জন্য কেউ কোনোদিনও সিকিউরিটি পেয়েছে আজ পর্যন্ত? লোকে হাসবে যে!

—হাসুক। জানো না ভোরের স্বপ্ন সত্যি হয়!

অন্য সময় হলে দিব্য খুব খিল্লি করত। এমন কুসংস্কারের জন্য দেশের কত কত ক্ষতি হচ্ছে তার লম্বা ফিরিস্তি শুনিয়ে দিত।

কিন্তু সে সময় আর নেই। সে একটু হেসে কুহুকে বুকের কাছে টেনে নেয়।

—তুমি আছ না। তুমিই সব খারাপের থেকে আমাকে ঠিক বাঁচিয়ে আনবে। আমি জানি।

কুহু সোহাগে নিজের রাঙা মুখখানা দিব্যর বুকে লুকিয়ে দেয়। সদ্য শ্যাম্পু করা চুলের ঘ্রাণ সারা শরীর ভরে আছে। জীবনের এমন নতুন ছন্দ ভালোই লাগে দিব্যর। তার চোখ বুজে আসে।

লম্বা কালো রাস্তায় কেবল লাল পতাকা, তার থেকেও বেশি মানুষের মাথা। মিছিল, মিছিল। কত কত ছন্দবদ্ধ কথা। সমস্ত পা চঞ্চল। সমস্ত হাত স্বপ্নের কাছে সমর্পিত, দৃঢ়। দূরের আকাশ এখনও নীল। যদিও তারই এক কোনায় কালো মেঘের দল লুকোনো দেখা যাচ্ছে। তবে সে আছড়ে পড়তে পড়তে রাত হয়ে যাবে। না হলে ভেসে যাবে অন্য কোনো আকাশে। কিন্তু এ কী, মিছিলের মুখ ঘুরে গেল কেন? ভয়ঙ্কর স্রোতের মতো মিছিল পিছনের দিকে ফিরে যাচ্ছে। দিব্যদের মতো কিছু ছেলে-মেয়েরা দাঁড়িয়েই রইল স্রোতের বিপরীতে। জলপাই রং পোশাকের পাল পাল র‍্যাফ উন্মাদের মতো লাঠি দিয়ে স্রোত ভাঙতে ভাঙতে এগিয়ে আসছে এদিকেই। দাঁত শক্ত করে দাঁড়িয়ে দিব্য। তার থেকে হাত কুড়ি দূরেই লুটিয়ে পড়ে আছে তারই কমরেডরা। নিজেও লুটিয়ে পড়ার আগে অন্তত খান দুয়েক র‍্যাফের মাথা গুঁড়িয়ে দেবেই সে। উন্মাদের মতো তার হাতের পতাকার বাঁশের ফাঁপা লাঠিটা ঘোরাতে থাকে। হয়তো কয়েক ঘা লাগল কারো কারো গায়ে, কিন্তু তখনই কিছু একটা তার মাথায় এসে আছড়ে পড়ল। চোখের মণিতে কয়েক হাজার পাওয়ারের হ্যালোজেন জ্বলে ওঠে। তারপর সব শূন্য, সব অন্ধকার। যখন জ্ঞান এলো তখন সে আর্যার কোলে শুয়ে। আর্যার সালোয়ার ছেঁড়া। ওড়না

রক্তে ভাসছে। পরে শুনেছিল আর্যা তাকে জড়িয়ে তার পিঠে বাকি সমস্ত লাঠির বাড়ি নিয়েছে। কপালে ন-টা সেলাই নিয়ে দিব্য বাড়িতে শুয়েছিল গোটা একটা সপ্তাহ। আর্যা প্রতিদিন আসত। কোনো একটা পেপার আর্যার সেই দিব্যকে জড়িয়ে বাঁচানোর ছবি ছেপেছিল। সে ছবি পরে ভাইরাল হয়। সেদিন ওই রক্তস্রোতের মধ্যেও সে কি এমনই আর্যার শরীরের ঘ্রাণ পেয়েছিল? সে কি ঘোরের মধ্যে বলেছিল, আমি জানতাম তুমিই বাঁচাবে!

কুহু নিজেকে দিব্যর থেকে ছাড়িয়ে উঠে বসে। বুকের খসে যাওয়া শাড়ি ঠিক করে।

—চা-টা এবার শেষ করো। ঠান্ডা জল হয়ে গেল। আমি জলখাবারের ব্যবস্থা করি।

৩

ড্রেসিং-এর পর ব্যান্ডেজ ছোটো হয়ে এলো। ব্যথা নেই। শুধু মাথাটা ভার হয়েছিল। হাসপাতাল থেকে বাসে বাড়ি না ফিরে পার্টি অফিসে এসে নামল দিব্য। সাতদিন পর পার্টি অফিসে। রাজনৈতিক আড্ডা চলছে নানান ঘরে। নলিনদাকে খুঁজল দিব্য। সাধারণত এই সময়টাতে সে পত্রিকার ঘরে থাকে। নিজের লেখার প্রুফ বা লেখাটাই এডিট করে। কেউ এসে পড়লে তার লেখাটাও দেখে দেয়। বইভর্তি ঘরে আজ কেউ নেই। অফিসের বারান্দায় বাপ্পা বিড়ি খাচ্ছিল।

—কী রে, দাদা কোথায়?

বাপ্পা ধোঁয়া ইন করে বলে,

—আসছে না অফিসে।

—কেন?

—সেকি, খবর যায়নি?

—মানে? কী হয়েছে রে?

—সেন্ট্রালের সাথে হেব্বি ঝামেলা হচ্ছে। জানো তো এবার সাতাশ নম্বর ওয়ার্ড মহিলাদের জন্য হয়েছে। আলমদা প্রস্তাব দিয়েছিল, ওই ওয়ার্ডে আর্যা দাঁড়াক। কাগজে ছবি ছাপার পর থেকে ওর পপুলারিটি এখন হেব্বি। কিন্তু দাদা চান না।

—চান না? আরে দাদা তো আর শাড়ি পরে দাঁড়াতে পারবে না! কোনো না কোনো মহিলাকেই তো দাঁড়াতে হবে।

—দাদা মিতালিদির নাম প্রস্তাব করেছিল অনেকদিন আগেই। কিন্তু পপুলারিটির জন্য পার্টি এখন চায়...

দিব্যর চোয়াল শক্ত হয়। পরের সপ্তাহের লম্বা নির্বাচনী প্রস্তুতিসভা গরম হয়ে ওঠে দিব্য আর নলিনের বিতণ্ডায়। জেলা সম্পাদককে হুমকি দেয়, আর্যা না দাঁড়ালে সে দল ছাড়বে। পুরো সভায় আর্যা ছিল চুপচাপ। সভা শেষে অনেকেই ভেবেছিল আর্যা দিব্যকে নীরব সমর্থন জানাচ্ছে। ভুল ভাঙল পরের দিন। আর্যা চিঠি দিয়ে জানাল সে ভোটে দাঁড়াতে চায় না। সে কর্মী, কর্মী হিসেবেই দলের কাজ করে যেতে চায়। খবরটা দুপুরের দিকে পেল দিব্য। গুম হয়ে রইল সারাদিন। ঠিক করল কয়েকদিন কারোর সাথে দেখা করবে না, অফিসে যাবে না। কিন্তু খবর আসতেই থাকল। নলিন আবার সক্রিয় হয়েছে। পার্টি মিতালির বদলে দলের প্রাচীন কর্মী মন্দিরাদিকে প্রার্থী করেছে। সপ্তাহ শেষের দিকে দিব্যর কাছে শোকজ এলো, সিনিয়রদের সাথে অভব্য ব্যবহার এবং পার্টির শৃঙ্খলাভঙ্গের অভিযোগ, ফলে নিঃশর্ত ক্ষমা চাইতে হবে। সময় এক সপ্তাহ। উত্তর দেয়নি দিব্য। এক মাসের মাথায় পার্টি বদল করল সে। এ-সবের পাঁচ বছর হয়ে গেছে। নতুন দল এবার তাকেই প্রার্থী করেছে, উলটো দিকে নলিন। লোকে বলছে লড়াই সেয়ানে সেয়ানে।

ব্রেকফাস্ট সেরে কাজের টেবিলে গিয়ে বসে দিব্য। বিকেলের কথাগুলো সাজিয়ে নিতে হবে। আগামীকাল একটা টিভি ইন্টারভিউ আছে। জীবনের প্রথম ইন্টারভিউ, বহু চেষ্টা করে ব্যাপারটা ম্যানেজ করে দিয়েছে দলের মিডিয়া সেলের সুকান্তদা। সে-ই দিব্যর জন্য একটা পিআর-টিম ও স্যোশাল মিডিয়া টিম তৈরি করে দিয়েছে। মউ তার হেড। মেয়েটার ডিজাইন সেন্স মারাত্মক। পোস্টে কোনো গুরুত্বপূর্ণ পয়েন্ট মিস হলে যোগ করে দেয়। কোন পোস্টে কতটা বিতর্ক থাকবে, কোনটা হবে তর্কহীন, এ-সব যুক্তি তার আঙুলের ডগায়। মউকে দেখলে সৌম্যর কথা মনে পড়ে যায়। দিব্যর প্রথম ফেসবুক প্রোফাইল খুলে দিয়েছিল সৌম্য। 'এই যুগে স্যোশাল মিডিয়া ছাড়া চলবে না দাদা!' ছেলেটা মোবাইলে অসাধারণ সব ব্যানার বানাত। ছবি তুলেই তার মধ্যে নিজের আঙুলের ছোঁয়ায় ক্লিপ, মিম তৈরি করে ফেলত নিমেষে। দিব্যর ফেসবুক কভারটাই সৌম্যর করে দেওয়া শেষ ডিজাইন। একটা স্টারের নীচে লেখা, 'সাম্য আমার জন্মগত অধিকার'। ছেলেটার আজকাল খবর কী কে জানে! সৌম্য নিজেই দিব্যকে আনফ্রেন্ড করেছে। প্রোফাইলও প্রাইভেট করে রেখেছে। শেষবার সৌম্যর খবর পেয়েছিল সপ্তাহ চারেক আগে। রাতে কিছু ছেলেপিলে নিয়ে ঢুকেছিল পাড়ায়, দেওয়াল দখল করতে। দিব্যর ছেলেদের হাতে ধরা পড়ে। খবরটা দিব্যও পেয়েছিল। নির্দেশ দিয়েছিল, 'ভাঙলে হাত-পা ভাঙিস, মরে যেন না যায়!' একবার অন্তত ভয় না দেখালে মাথার ওপর নেত্ত করবে ওরা! সৌম্য, দিব্যর দেখা একমাত্র ছেলে যে তত্ত্বে নয়, অ্যাকশানে বিশ্বাস করত। রবিবারের পার্টির ক্লাসে গিয়ে সে ঘুমোতো। আর ক্লাস শেষে বলত, 'এত তত্ত্ব শিখে বই লিখব নাকি! মানুষের কাজ করতে হলে মন তৈরি করতে হয়, থিয়োরি নয়'। ল্যাপটপটা খুলে আজ কভার ফটোটা চেঞ্জ করবে ভাবছে। নিজের নির্বাচনী ব্যানার এসে গেছে। মউ তাড়া দিচ্ছে ওটা আপলোড করতে।

ফোনটা অনেকক্ষণ ধরে ভাইব্রেট করছে। রাপ্পার ফোন। রাপ্পা দিব্যর বাইক ও ঠ্যাঙাড়ে বাহিনীর প্রধান। মিছিলে, বাড়িতে বাড়িতে যাওয়ার সময় এরা থাকে পাশে। পাড়ার লোকে ওদের চেনে। চেনে মানে ভয় পায়। ফলে অভিযোগ থাকলেও ওদের দেখলেই চুপ মেরে যায় ভোটার। না হলে ভোটের আগে পরে বোম বাড়ির দরজায়, এমনকী ভেতরেও পড়তে পারে। আর ওরা পাশে থাকলে সুবিধে। দিব্যকে কথাও কম বলতে হয়। গুটখা মুখে কথা ওরাই চালিয়ে যায়, 'কাকু এবারে আমাদের পার্থি, দেবুদা। আপনাদের আসির্বাদ নিতে এসেচে। সক্কাল সক্কাল ভোটটা দিয়ে আসবেন তাহলে'। দিব্য কেবল নমস্কার করে হাসি মুখে। ফোনের ভাইব্রেশনটা থেমে আবার শুরু হয়। কোনো ঝামেলা হল নাকি?

—হ্যাঁ, বল রাপ্পা।

—দাদা, তুমি এখন কোথাও বেরিয়ো না।

—কেন?

—ঝামেলা হবে। ওই মেয়েটা বিশাল মিছিল করছে, ভাটিখানা ঘিরে ফেলেছে। পাড়ার মেয়েদের এনে আগুন লাগাবে বলছে। তাই বলছি তুমি বেরিয়ো না বাড়ি থেকে, কাকু বলে দিয়েছে। আমি আর কাকু সামলে নেব সব!

—কোন মেয়েটা...

উত্তর না দিয়েই ফোনটা কেটে দেয় রাপ্পা। কাকু মানে কুহুর বাবা। একটা সিগারেট ধরিয়ে ভাবে দিব্য, কোন মেয়েটার কথা বলছিল রাপ্পা! আর্যা?

বিকেল পাঁচটায় যখন গাড়িতে উঠল দিব্য তখন খবর এলো ফর্টি পারসেন্ট বার্ন নিয়ে এখনও হাসপাতালের বেডে লড়ে যাচ্ছে আর্যা। বোমটা ওর থেকে হাত সাতেক দুরে পড়লেও সে রক্ষা

পায়নি। নিজেকে শক্ত করে নেওয়ার চেষ্টা করে দিব্য। বিরোধী সে। আর ভোটের আগে এসব সামান্য ঝামেলা হয়েই থাকে। মিডিয়া তাদের দিকে আঙুল তুললেও কোনো প্রমাণ নেই কে করেছে। কিছু সাংবাদিক ফোন করেছিল, দুষ্কৃতিদের কাজ বলেই পাশ কাটিয়েছে দিব্য। সভায় যাওয়ার আগে থানায় যাবে। কুহুর বাবাও সঙ্গে যাবে। দাবি জানিয়ে আসবে ভোটের আগে এই সব কার্যকলাপ যেন কড়া হাতে দমন করা হয়। আর দোষীদের শাস্তির দাবিও ওরা জানাবে। তবে আহতদের দেখতে হাসপাতালে যাবে কিনা এখনও ঠিক হয়নি। দলের একাংশের মত, দিব্য হাসপাতালে গেলে প্রাক্তন দল তার বিরুদ্ধে বিক্ষোভ দেখাবেই। কিন্তু দিব্যর বড়ো ইচ্ছে করছে আর্যাকে দেখতে যেতে। খুব ইচ্ছে করছে চুপ করে তার পাশে গিয়ে বসতে, মাথায় হাত বুলিয়ে দিতে। কুহুও শুনেছে ঘটনাটা। খানিকক্ষণ সকালে পরা শাড়িটার দিকে তাকিয়েছিল। বেরোবার আগে কুহুর চোখের কোনায় যেন এক ফোঁটা জল দেখল দিব্য।

মাঠ ভরে গেছে। প্রথম জনসভাতেই জনবল দেখাতে হবে। রাপ্পা খুব ব্যস্ত। কে কোন চেয়ারে বসবে তার তদারকি করছে। মঞ্চে কোনো এক ছোটোখাটো নেতা বক্তৃতা দিচ্ছে। দিব্য সকলকে এখনও চিনে উঠতে পারেনি। দিব্যকে দেখে এগিয়ে আসে রাপ্পা। 'সব ঠিক আছে, দাদা। আমরা সব সামলে নিয়েছি'। হঠাৎ ইচ্ছে হল ঠাঁটিয়ে একটা চড় মারে ওকে। এই মালটাই বোমটা মেরেছে। তবু নিজেকে সামলে নেয় দিব্য। হাসবার চেষ্টা করে। রাপ্পাকে কাছে টেনে কানে কানে জানতে চায়, 'মেয়েটা বেঁচে আছে তো?' মুখের চিবোনো গুটখা পাশে ফেলে কী একটা বলতে যাচ্ছিল রাপ্পা, ওমনি মঞ্চ থেকে দিব্যকে ডেকে নিলো সভাপতি। মঞ্চ থেকে সমস্ত মাঠটা একবার দেখে নিয়ে শুরু করল দিব্য।

—আজ খুব খারাপ সময় এসেছে। খুন হচ্ছেন আমার কমরেডরা, আজও সকালে বোম মেরেছে ওরা। আমি এর বিচার

চাই। আপনারা চান না?

সমস্ত মাঠ হঠাৎ চুপ করে যায়। দিব্যও। এসব কী বলছে সে? মাইকে কেবল তার নিশ্বাসের শব্দ ছাড়া আর কোনো শব্দ নেই। স্বপন ঘোষ খানিক বিব্রত হয়েও দ্রুত মাইক নিয়ে নেয় দিব্যর হাত থেকে। তারপর নিজেই বলতে শুরু করে, 'হা হা হা, পুরোনো অভ্যেস তো, এখনও তাই...' কে যেন একটা বুম মঞ্চের দিকে তুলে প্রশ্ন করল, 'খুনটা কে করেছে, দিব্যদা?'

পাপ

—দাদা, ও দাদা এক কাপ চা হবে?

রাত প্রায় দেড়টা হবে। শ্রাবণ মাস শেষ হয়েছে দিন চারেক আগেই। তবু পুণ্যার্থীরা আসছেন বাবার মাথায় জল ঢালতে। অবাঙালিদের মতে কিন্তু এখনও শ্রাবণ শেষ হয়নি। এখন পুণ্যার্থী বলতে মূলত ওরাই। তাই রাস্তার পাশের চায়ের দোকানটা এখনও গুটিয়ে নেয়নি সাহেব। সারাদিনে অন্তত শ-খানেক কাস্টোমার হয়। চা খায়, কেউ কেউ ঘুগনি, পাঁউরুটি... বাকি সবই নেশার জিনিস। শ্রাবণে বিক্রি ছিল তুঙ্গে। সারা রাত জেগে কামাই হত বেশ। ঠান্ডা জল, কোল্ড ড্রিংক, ম্যাগি, তুমুল বিকোতো। গ্রাম থেকে তখন ভাই এসে থাকত। দিনে সাহেব একটু ঘুমিয়ে নিলে, তমাল সামলে নিত দোকান। রাতে পুরোটাই জেগে দোকান করত সাহেব। যদিও শ্রাবণের সোমবারগুলো আর পূর্ণিমার দিন দু-জনের কেউ-ই দু-চোখের পাতা এক করতে পারে না। সেদিনগুলো তমাল সাইকেল নিয়ে ছুটে বেড়ায় এ-মাল সে-মালের জন্য। সেসব দিনে এত দ্রুত শেষ হয় সমস্ত মালপত্র! শ্রাবণ শেষ হলে সে চাপ আর থাকে না।

দিন দশেকের মধ্যেই অবাঙালিদের শ্রাবণও শেষ হয়ে যাবে। তারপরই দোকান গুটিয়ে গ্রামে ফেরা। যেহেতু দোকানে কোনো

দরজা নেই ফলে এই দেড়-দু-মাস সাহেব বাড়ি ফেরে না। এখন রাতে আর তেমন লোক হয় না বলে দোকানের সামনে একটা প্লাস্টিক আধা টাঙিয়ে ঘুমিয়ে নেয় সে। ঘুম গভীর হয় না। কুকুর, শেয়ালের ভয় থাকে। এসে কী টেনে নিয়ে যায়! বাল্বটাও নেভায় না রাতে। এ-রাস্তায় আলো কম। শ্রাবণ কাটতে না কাটতেই হ্যালোজেনগুলো খুলে নেয় পঞ্চায়েত অফিস। তারপর সারা বছর পাঁচশো মিটার অন্তর একশো পাওয়ারের আলোই ভরসা। তাতে আঁধার কাটে না। দু-পাশের বিস্তীর্ণ ধান খেত কালো কম্বল মুড়ি দিয়ে ঘুমায়। অনেকটা দূরে পাম্পঘরের আলো দেখা যায় বটে, সেও জোনাকির মতো টিমটিম করে। আর, বৃষ্টি হলে তাও হারিয়ে যায়।

আজ বৃষ্টি হচ্ছে সন্ধে থেকেই। একটা টেম্পো থেমেছিল রাত এগারোটা নাগাদ। চা, কেক খেলো। তারপরই দোকান গুটিয়ে শুয়েছে সাহেব। মাঝে কয়েক ঘণ্টা বৃষ্টি একটু থামলেও বারোটা থেকে আবার শুরু হয়েছে। তীব্র নয়, ঝিরিঝিরিই। এতে গরম কমে না, উলটে ভ্যাপসা ভাবটা বেড়ে গেছে। কারেন্টও নেই। ঘুম আসছে না। মোবাইল দেখতে দেখতে হাত পাখা চালানো যায় না। কিন্তু সময় কাটাতে মোবাইলে রিল দেখাই ভালো। বৃষ্টি শুরু হওয়ার সঙ্গে সঙ্গেই একটা জোলো হাওয়া দিচ্ছে। মোবাইলটা এবার রাখে সাহেব। ঘুম পাচ্ছে। তিনটে নাগাদ আবারও কলকাতাগামী আলুর টেম্পোগুলো দাঁড়াবে চা, গুটখা নিতে। এই কয়েক ঘণ্টা ঘুমোনো যাক।

—ও দাদা! এক কাপ চা হবে?

ওহ্, এত রাতে আবার কে? কারেন্ট এখনও আসেনি। চা বানানোর টেবিলে একটা হ্যারিকেন কমিয়ে জ্বালিয়ে রেখেছিল সাহেব। কাচের গায়ে কালি উঠে আলো প্রায় না-এর বরাবর। ঘুম চোখে শুধু দেখে ধূসর ব্যাকগ্রাউন্ডে একজন মানুষের ছায়া দাঁড়িয়ে আছে তার দোকানের সামনে। সম্ভবত লোকটা জল ঢালতে

এসেছে। কিন্তু এখন মন্দির বন্ধ। ভোর পাঁচটায় খুলবে। এখন এত রাতে কেউ আসে? লোকটা কি জানে না মন্দিরের টাইমিং? বৃষ্টি হয়েই চলেছে। দোকানের মাথায় জল পড়ার শব্দ হচ্ছে। লোকটার মাথায় ছাতা নেই। সম্ভবত গায়ে একটা চাদর জাতীয় কিছু আছে। তা দিয়েই শরীর ঢাকছে জলের থেকে। সাহেব খেয়াল করল লোকটার কথায় অবাঙালি টান নেই। কোনো বাঙালি এখন কেন আসবে এই চত্বরে?

—কী চাই?

—চা। এক কাপ চা হবে?

—ভেতরে আসুন।

আড়মোড়া দিয়ে উঠে পড়ে সাহেব। খদ্দের যখন, চা তো খাওয়াবেই। সাহেব জানে এমন খদ্দের শুধু চা খায় না। খাবার খায়, নেশার জিনিস খোঁজে। আর লাভ আসলে নেশার জিনিসেই। বৃষ্টিতে ভিজে যখন কেউ শুকনো পাতার খোঁজ করে তখনই সাহেবরা দাঁওটা মারে। আষাঢ়-শ্রাবণ মাসে সাহেব দু-তিন গাঁ টপকে কেজি দশেক গাঁজা কিনে আনে। নিজেই সেগুলোকে পুরিয়া করে। শ্রাবণের রাতে ভক্তরা উঁচু দামে কিনে নেয় সেসব পুরিয়া। তার দোকানের পেছনের মাঠেই বসে যায় তারা। পুলিশ কিছু বলে না। সাহেবের সেটিং আছে। পনেরো বছর ধরে করছে এসব। গাঁজা বেচেই তার কেরিয়ার শুরু। সাহেবের গুরু সন্ন্যাসীদাই তাকে নামিয়েছে এই লাইনে। সন্ন্যাসী নিজের সাম্রাজ্য হাতে করে তুলে দিয়েছে সাহেবের হাতে। সন্ন্যাসীর আসল নাম-ধাম-পরিচয় কেউ জানে না। সাহেবদের জন্মের আগে সে এই গ্রামে এসেছিল আলুর স্টোরেজে মজুর হিসেবে। সন্ন্যাসী গল্প করে, সে ছেলেবেলা থেকেই ভবঘুরে। নিজের গ্রামগঞ্জের নামটাও তার আর মনে নেই। শুধু মনে আছে বয়স যখন বারো, সে গ্রাম ছেড়েছিল এক সন্ন্যাসীর সঙ্গে। সেই থেকে নিজেও গেরুয়া বসনই পরে। বিয়েথাও করেনি। যখন যে গাঁয়ে গেছে, সেখানে

যা কাজ পেয়েছে তা দিয়েই চালিয়েছে নিজের পেট। দুঃখ করে বলে তার সন্ন্যাসী গুরু তাকে দিয়ে সেবাশুশ্রূষা করিয়ে নিলেও নিজের কোনো জাদুবিদ্যাই শেখায়নি তাকে। সেই দুঃখে তাকেও ছেড়েছে শেষ জীবনে। শুধু সঙ্গে রেখেছে তার নামটা, সন্ন্যাসী। ঘুরতে ঘুরতে যখন এই গ্রামে এসে পৌঁছেছে তখন তার বয়স আধা-চল্লিশ পেরিয়ে গেছে। এক আলুর স্টোরেজের মালিককে কথায় ভুলিয়ে সেই ঘরেই কাজ নিয়েছে। সারাদিন আলুকে রাঙামাটি মাখিয়ে সন্ধেতে বসে গাঁজায় মেহফিল সাজিয়ে। নেশার আড্ডায় লোকের অভাব হয় না। আড্ডাখানাকেই সে তার সাইড বিজনেসের জায়গা বানায়। ধীরে ধীরে সেই হয়ে উঠল এই গ্রামের একছত্র গাঁজা সাপ্লায়ার। সপ্তাহের ছুটির দিনে পাঁচমাইল-এ গিয়ে সারা সপ্তাহের স্টক আনতো। মালিকের আলুর গোডাউনকে নিজের গাঁজার গোডাউন করাটাই তার জীবনের একমাত্র ভুল ছিল। কারোর একটা খবরে একদিন পুলিশ আসে, সন্ন্যাসীসহ মালিক জেলে যায়। ছাড়াও পেয়ে যায়, তবে আলুর গোদাম তার জন্য বন্ধ হয় চিরতরে। সেই থেকে গাঁজা বেচাই ছিল তার একমাত্র কাজ। হাতে পয়সা এলে ক্ষমতা আসতে সময় লাগে না। পাড়ার লারেলাপ্পা অনুষ্ঠান থেকে নেতাদের ফুর্তি সবই চালাতো সে। সেই সন্ন্যাসীদার সঙ্গে সাহেবের আলাপ হল স্কুলে থাকতেই।

—একটু বসুন। চা গরম করে দিতে হবে।

সাহেব স্টোভে দেশলাই কাঠি ফেলে বলে লোকটাকে। লোকটা শুধু মাথা নাড়ে।

—আর কিছু লাগবে?

—ডিম-পাঁউরুটি হবে? বড্ড খিদে লেগেছে। খাইনি...

শেষ শব্দটা শোনা গেল না বিকট বাজের আওয়াজে। সেই আলোতেই লোকটার চেহারা দেখতে পেল সাহেব। সারা শরীর কাদায় লেপটে আছে। বাকি শরীরটা অন্ধকার। কথাটা শেষ করে লোকটি মুখখানা নিজের বুকের কাছে নামিয়ে বসলো। লোকটা

কি নেশা করেছে? সাহেব কাজের ফাঁকে লক্ষ রাখে। চা গরম হয়ে গেছে। আবছা আলোয় কাগজের কাপ বের করে সাহেব। দুটো কাপ সাজায়। নিজেও খাবে এক কাপ। আর ঘুমোতে যাবে না সাহেব। রাত দেড়টা বেজে গেছে। ওদিকে বৃষ্টিও থামেনি। এই অবস্থায় লোকটাকে বাইরে বের করে দেওয়াও যায় না! দোকানে একটা অপরিচিত লোক থাকবে আর সে ঘুমোতে যাবে, এটাও কাজের কথা নয়। দোকানে এখনও গোটা কুড়ি গাঁজার পুরিয়া আছে। শহরের পুলিশও হতে পারে! নার্কোটিক্সের লোকরা সবসময় গ্রামের পুলিশকে তোয়াক্কা করে না। এদিকে আবার গ্রুপ হয়েছে গ্রামে। সাহেবদের অ্যান্টি। গেল বৈশাখে বাৎসরিক অনুষ্ঠানকে কেন্দ্র করে ওরা সন্ন্যাসীদাকে ঘিরেছিল একনলা দেখিয়ে। এসবে রাজনীতির দাদারা আগে সহায় হত। এখন যে দেবে ফুল-জল তারাও সেদিকে ঝরাবে আশীর্বাদ। যদিও সন্ন্যাসীদা এখন আর এসবে থাকে না, তবু ওদের ডেকে সাবধান করে দিয়েছে। সব দিক দেখে তারপর কাজ করতে হচ্ছে। এসব কিছুই হত না, আসলে সাহেবই ওদের রাস্তা পরিষ্কার করে দিয়েছে। বছর দুয়েক আগে তখনও সাহেবকে সন্ন্যাসী সমস্তটা হাতে তুলে দেয়নি, সে গাঁজা বিক্রির পাশাপাশি শ্রাবণে পুণ্যার্থীদের লুটও করত। লুটে কাঁচা টাকা। ওর ভাগও দিতে হয় না কাউকে। চারজনের দল, সব কিছু নিজেদের মধ্যেই। তমাল ছিল ওদের টোপ। তমাল হাইওয়ে থেকে পার্টি ধরত। হাইওয়ে থেকে ক্লান্ত ভক্তদের সে টনিক, গাঁজার ঠেকের ঠিকানা বাতলে দেবে বলে ওদের সঙ্গেই আসত এই পথে। ভাব দেখাত এমন, যে সে এই গ্রামেরই নয়। মাঝ পথে তিনচূড়ার পুকুরপাড়ে বসে থাকত লাল। সে-ই ওদের পথ ঘুরিয়ে ফাঁকা জমির দিকে নিয়ে যেত। সেদিকে লোক নেই। কাঁচা রাস্তা। ওখানেই বসতো আসর। নেশা চড়লে আসল কাজ। মদ হলে কাজের সময় লাগত কম, ওতে ঘুমের ওষুধ মেশানো যায়। প্লাস্টিকে বাঁধা মোবাইল, টাকা, সোনা-রুপোর চেইন সব হাতিয়ে

খাঁ। তারপর যে যার গ্রামে নিজের কাজে গা ঢাকা দিয়ে অপেক্ষা; কবে এই পুণ্যার্থীদের দল আসা শেষ হবে, তারপর আরও মাসখানেক অপেক্ষা করে বিক্রি করত লুটের মাল। সন্ন্যাসী না করত এসব করতে। এতে রিস্ক বেশি। চোরদের গন্ধ পুলিশ আগে পায়। সাহেব ওসব শোনে না। এটা তার বাৎসরিক বোনাস। কিন্তু চুরির একটা সমস্যা হল, চোরের আকাঙ্ক্ষা ক্রমশ বেড়েই চলে। সেবার সাহেব করল বড়ো প্ল্যান। এক সাথে অনেককে লুটবে। ঈশ্বরও সহায় হলেন। সেবার লোক হল উজিয়ে। প্রায় লক্ষাধিক মানুষ দাঁড়িয়ে লাইনে। মন্দিরে ঢোকার খানিক আগেই সাহেব লাইনে ঢুকিয়ে দিল তমাল আর তার তিন বন্ধুকে। সকলেই পাবে ভাগ। সাহেব আর লাল মন্দিরের ভলেনটিয়ার হল। ওদিকে বৃষ্টি হচ্ছে টিপটিপ করে, লাইন সরেই না। মানুষ বিরক্ত। চিৎকার করছে। সাথে লাইনের মাঝে অন্য লোক ঢুকে পড়ায় ঝামেলা হচ্ছে তমালদের সঙ্গে। ওরা ঝামেলাকে মারপিটের দিকে নিয়ে যাচ্ছে। যে দু-চারজন পুলিশ ছিল তারা সামলাতে এদিকে এলেই লাল মন্দিরের পাশে ডাঁই করা পুজোর সামগ্রীতে আগুন লাগিয়ে দেয়। পেট্রলের ছোঁয়া পেলে আধ-ভেজা ফুল, পুজোসামগ্রীও জ্বলে ওঠে নিমেষে। ধূসর ধোঁয়ায় ভরে ওঠে মন্দির চত্বর। প্রাণভয়ে ছুটতে থাকে দিশেহারা পুণ্যার্থীরা। সকলে ছুটে বেরোতে পারে না। একদিকে অপ্রশস্ত রাস্তা তাতেও আবার বাঁশের ব্যারিকেড, বহু মানুষের স্থান হয় মাটি আর সব পুণ্যার্থীদের পায়ের তলায়। প্রাণ যায় গোটা পঞ্চাশ লোকের। তমাল, লাল, সাহেব লুটে নেয় মৃত, আধা মৃত লোকেদের টাকা, ঘড়ি, মোবাইল, চেইন। এ-নিয়ে বড্ড জল-ঘোলা হয়েছিল। প্রেস থেকে সরকার সকলেই মেনে নিয়েছিল পুরোটাই পরিকল্পিত। কিন্তু কাউকে ধরা যায়নি। মন্দির চত্বরের সিসিটিভি সেদিনই কেউ খারাপ করে দিয়েছিল। যদিও ভেতরে ভেতরে রটে যায় এসবই সাহেবের কীর্তি। সন্ন্যাসীদা নিজে আসরে নামে। কেন জানি না সে সাহেবকে নিজের ছেলের

মতো ভালোবাসত। বেশ কিছু টাকা খসিয়ে সেবারের মতো সাহেব এই ঝামেলার থেকে মুক্তি পেয়েছিল। কিন্তু সেই ক্ষত আজও তাড়া করে বাবার থানকে। বিশেষ করে শ্রাবণ মাস এলেই খবরের কাগজে ছোটো করে হলেও সেই রাতের কথা লেখা হয়। পুলিশও তৎপর হয়ে ওঠে। সন্ন্যাসী এসবের অর্থ বোঝে। তাই সে তার সাম্রাজ্য সাহেবের হাতে তুলে দিয়ে কথা দিইয়ে নেয় সে আর লুটের লাইনে যাবে না। সাথে খুলে দেয় গ্রামে ঢোকার মুখে এই অস্থায়ী দোকান। এখন এটাই সাহেবের বোনাস।

—ডিম টোস্টে লঙ্কা দেব?

—হ্যাঁ, দাও। আজকাল আর ঝাল-ফিকার ফারাক বুঝি না।

—জিভে কিছু হয়েছে নাকি?

—জানি না। কিন্তু স্বাদ বুঝি না।

—সর্দি লেগেছে বোধহয়। এর সাথে আর কিছু দেব?

—না থাক। ওসব আজকাল আর সহ্য হয় না।

সাহেব নিজে একটা বিড়ি ধরায়। নিজের চায়ের কাপটা এক টিপে রাস্তার জমা জলে ফেলে জিজ্ঞেস করে লোকটাকে, "কোত্থেকে আসছেন?"

—মুকুন্দরামপুর।

—ও বাবা। সে তো কলকাতা ছাড়িয়ে। ট্রেনে এলেন?

—না দাদা, আমি প্রতিবার হেঁটেই আসি। সেই বাইশ বছর বয়স থেকে হেঁটেই আসি।

—কত সময় লাগে আসতে?

—আগে লাগত চারদিন, আজকাল সাতদিন লেগে যায়। হাঁটু ব্যথা করে। টানা হাঁটা যায় না।

—এত কষ্ট করে আসেন কেন? আর কত পুণ্য করবেন কাকা?

—পুণ্যির কি আর শেষ আছে?

সাহেব মুচকি হেসে বিড়ির টুকরোটা ফেলে বিছানায় পা গুটিয়ে

বসে। লোকটা আসবার পর থেকে একটুও নড়াচড়া করেনি। ঠিক যেমন বসেছিল তেমনই বসে আছে। শুধু হাত তুলে খাবারটুকু মুখে তুলতে যেটুকু শরীর নড়েছে তার বাইরে আর কিছু না। কথাও তেমন বলে না। সাহেবের কেমন একটা অস্বস্তি হয়। লোকটা এমনকী মুখ তুলে দোকানটাও দেখে না। মুখ গুঁজেই বসে থাকে। মালটা কে? সাহেবের একটা হালকা চিন্তা হচ্ছে। খবরি নাকি? তার ঘুমিয়ে পড়বার অপেক্ষায় আছে? কথা না বললে ব্যাপারটা বোঝা যাবে না।

—তা কাকা, ঘরে কে কে আছে?

—এখন আর কেউ নাই!

—এখন মানে? আগে কে কে ছিল?

—সব। ব্যাটা, তার মা।

—এখন গেল কোথায়?

—বাবা নিজের পায়ে ঠাঁই দিয়েছে।

—এ বাবা।

সাহেবের মনটা হঠাৎই ভালো হয়ে যায়। লোকটা আসলে শোকে মাথাখারাপ হয়ে যাওয়া মানুষ। আবার একটা চিন্তাও হয়, এই যে প্রায় তিরিশ টাকার খেলো, তার দাম দেবে তো? লোকটা এবার নিজেই বলে, "কত হল, দাদা?"

—তিরিশ টাকা।

—আরেকটা চা খাওয়াবে?

ইচ্ছে না থাকলেও সাহেবের মায়া হয়। মুখে কিছু না বলে উঠে চায়ের টেবিলে আসে, স্টোভ জ্বালায়। আগের করা চা শেষ। নতুন করে করতে হবে। চা করার পাত্রে জমানো চায়ের পাতাগুলো এক থাপ্পড়ে ময়লার বালতিতে ফেলে বোতল থেকে জল আর দুধ ঢালে সাহেব। স্টোভটা এখনও সমানভাবে জ্বলেনি। একটা কেরোসিন-পোড়া গন্ধে ভরে উঠেছে দোকানঘরটা। আগুনের শিখা অ্যালুমিনিয়ামের পাত্রের পাশ ঘেঁষে বাইরে বেরিয়ে আসতে

চাইছে। সেই আগুনেই আরেকটা বিড়ি ধরিয়ে নেয় সাহেব। বাঁ-হাতের দুই আঙুলে পোড়া বিড়িটা ধরেছে কিনা পরীক্ষা করে একটা লম্বা টান দেয়। লোকটার এসবে কোনোই হেলদোল নেই। এমনকী সে পা-টাও তুলে বসেনি। সাহেব আবার লোকটাকে জিজ্ঞেস করে, আসলে সে নিজে একদম কনফার্ম করে নিতে চায় লোকটার মাথা খারাপ কিন্তু খবরি নয়।

—কাকা, তোমার ছেলে-বউয়ের সাথে কী হয়েছিল?

লোকটার এই প্রশ্নেও কোনো হেলদোল হল না। ঠিক যেমন বসেছিল, তেমন বসেই উত্তর দিলো,

—তখন তোমার এই দোকান ছিল না, বাবা। কয়েক বছর আগের কথা। সেবার প্রচুর লোক হয়েছিল বাবার ধামে। ঠিক এমনই বৃষ্টি পড়ছিল। তোমার মতো কয়েকটা ছেলে লাইনেই মারামারি করছিল। তারপর...আগুন...চিৎকার...

এই প্রথম লোকটা মুখ তুললো। কিন্তু যেন সে কিছুই দেখছে না। সাহেবের বুকটা ছ্যাঁত করে ওঠে। সেদিনের প্রত্যক্ষ কোনো সাক্ষীর সঙ্গে তার এর আগে কোনোদিন দেখা হয়নি। তার ভয় ছিল, যদি তাকে কেউ চিনে ফেলে! এই লোকটা কি চিনে ফেলেছে তাকে? প্রতিবার আসে এখানে, তাহলে কি তাকেই খুঁজতে আসে? এবার ফাইনালি তাকে খুঁজে পেয়েছে? চায়ের দুধ-জল উথলে স্টোভ নিভে গেছে। সাহেব স্বাভাবিক থাকার চেষ্টা করে। স্টোভ থেকে পাত্র নামিয়ে দেশলাই জ্বালতে গিয়ে খেয়াল করে তার হাত কাঁপছে। ভয় আসলে এমন এক জিনিস যখন সে পেয়ে বসে তখনই তাকে প্রথম চেনা যায়, তার আগে পর্যন্ত সে কেবলই এক রূপকথা। লোকটা হঠাৎ নিজের মনেই বিড়বিড় করে ওঠে।

—সেই লোকগুলো আমার সব নিয়ে নিলো। আমি জানি, সেদিন আগুন জ্বলেনি। তবু তারা আমার সব নিয়ে নিলো। ওরা আমার কাছে এসেছিল, আমি তখনও মরিনি, ওরা শুধু খুঁজে

পায়নি আমার লুকোনো টাকার ব্যাগটা। তারপর একটা লাথি মেরে...

লোকটা উঠে পড়ে। সাহেব দাঁড়িয়ে থাকে স্থির। লোকটা কি তার দিকে আসবে? হাতের সামনে কোনো ভারী জিনিসও নেই যে তুলে নেবে। তার হাত-পা এখনও কাঁপছে। লোকটা দাঁড়িয়ে কোমরের নীচে কী যেন খুঁজছে! অস্ত্র নাকি? সাহেবকে চিনে ফেলেছে লোকটা? না সে একটা প্লাস্টিকে মোড়া প্যাকেট বের করল। তার থেকে কয়েকটা কাগজের মতো কিছু বের করে রাখল টেবিলটার কোনায়। লোকটা আর কোনোদিকে না তাকিয়েই হাঁটতে শুরু করল এই বৃষ্টির মধ্যেই। সাহেব বাইরে বেরিয়ে এলো। লোকটা হাঁটছে মন্দিরের দিকে। ঠিক শরীর নয়, যেন একটা ছায়া। সাহেব একটা স্বস্তির নিঃশ্বাস ফেলে। সকালেই গুটিয়ে ফেলবে দোকান। রিস্ক নেওয়া আর ঠিক হবে না। এতক্ষণে লাইট এলো। হ্যারিকেনটা নিভিয়ে বিছানায় যেতে গিয়ে চোখে পড়ল একটা পঞ্চাশ টাকার নোট। ফিরে এসে টাকা তুলতে গিয়ে আবারও বুকের ভেতরটা ধড়াস করে উঠল, পা-টা এমন কেঁপে উঠল যে শরীরটা খানিক টাল খেয়ে গেল। টাকাটা আরও ভালো করে দেখবার জন্য হাতে তুলে নিয়ে আলোর সামনে ধরল। পুরোনো পঞ্চাশ টাকার নোটে শুকিয়ে যাওয়া রক্তের কালচে দাগ স্পষ্ট।

মাইগ্রেশন

আলমারিটা নিয়ে বেশ সমস্যায় পড়েছে কর্ণেশ। এটা তাদের বিয়ের আলমারি। বাকি আর কিছুই সে রাখেনি। তবে অত্রির বিয়ের আলমারিটা সে রাখতে চেয়েছে। আলমারিটা বড়ো প্রিয় ছিলো অত্রির। যদিও বিয়ের পঁয়ত্রিশ বছরে আরও তিনটে স্টিলের আলমারি তারা কিনেছে। তবু তার বাবার দেওয়া এই শিশু কাঠের আলমারিটা স্পেশাল। কর্ণেশও কোনোদিন এটা বেচতে চায়নি। যখন যা সমস্যা হয়েছে আলমারিতে, সারিয়ে নিয়েছে। এই আলমারির বাঁ-দিকের পাল্লায় আছে একটা আয়না। অত্রি চিরকাল সেই আয়নাতেই সকাল সন্ধে চুল বেঁধেছে, সিঁদুর পরেছে। যে সামান্যটুকু সাজতো, তাও এর সামনেই। সকালে স্নানের পর ভেজা সুয়েডের টিপটাও এখানেই লাগিয়ে রাখতো। এখনো সেই টিপের গোটা তিনেক লেগে আছে আয়নার গায়ে। এই টিপগুলোই কর্ণেশের কাছে এখন অত্রি। অত্রি নেই প্রায় দেড় বছর হল। তবু কর্ণেশ আজও এই আয়নার সামনে দাঁড়িয়েই তার সাদা চুলে চিরুনি চালায়। পাপাই বলেছিলো বটে, "সবই যখন বেচে দিচ্ছো তখন আর আলমারিটাকে আগলে এতদুর নিয়ে আসবে কেন?" কথাটা যুক্তিতে ভুল নয়, তবু মন মানেনি। ছেলেকে বলেছিলো,

"সবটা দিয়ে দিয়েছি শুধু এটা রাখবো বলেই।" পাপাই আর কিছু বলেনি। তার নিজের প্রথম মুখ দেখাটাও যে এই আয়নাতেই। একতলা বাড়ি হলেও পাপাই কোনোদিনই বাবা-মায়ের সঙ্গে শোয়নি। তার নিজস্ব ঘর ছিলো। তবে চুল আঁচড়াতে আসতো এই ঘরেই। নিজের ঘরে আয়না ছিলো না। মা বলতো, "ছেলেমানুষের আবার আয়না লাগে নাকি!" আলমারিটা এলে তার পুরোনো অভ্যাসে আবার ফেরা যাবে। এখন বাথরুমের লং মিররেই কাজ সারে সে।

আড়াই কাঠার ওপর বাড়ি বিক্রি করে যা পেয়েছে কর্ণেশ তা দিয়ে পাপাইয়ের পাশের ফ্ল্যাটটা কিনে নিয়েছে। ফ্ল্যাটটা ছিলো একজন রাজস্থানির। পাপাই আর ওই পাশের ফ্ল্যাটের মাঝখানের পার্টিশন ওয়াল ভেঙে এখন একটাই ফ্ল্যাট। এছাড়াও পুরো ফ্ল্যাটটা রেনভেট করিয়েছে পাপাই। সেকারণেই বিক্রির পরও একমাস কলকাতার বাড়িতেই থেকে গিয়েছে কর্ণেশ। অমলেশ, যে বিক্রি করিয়ে দিয়েছে বাড়িটা, পাড়ার লোক হওয়ায়, সে নিজেই ব্যবস্থা করেছে ক্রেতার সঙ্গে কথা বলে। ওদিকের কাজ শেষ। এবার পাকাপাকিভাবে কলকাতা ছাড়বার পালা। নিয়ে যাওয়ার মধ্যে নিজের জামাকাপড়, কিছু প্রয়োজনীয় জিনিস—সবই এসে গেছে দুটো সুটকেসে। বাকি কেবল আলমারিটা। ট্রান্সপোর্টারের সঙ্গে কথা হয়েছে, শুধু একটা আইটেম নিয়ে যেতে তারাও কিন্তু কিন্তু করছে। অমলেশকে বলেছে। সে জানিয়েছে তার চেনাজানা একটা কোম্পানি আছে, তারা পাঠিয়ে দেবে। একটু বেশিই খরচ হচ্ছে এতে, কিন্তু অত্রির শেষ স্মৃতির জন্য এটুকু...

কর্ণেশ জীবনে কোনোকিছু নিয়েই কোনোকালে স্মৃতিমেদুরতায় ভোগেনি। সে এই কলকাতা শহরে বেঁচে আছে বসত-ঘরের পোকামাকড়ের মতন। আছে, কিন্তু তার অস্তিত্ব কেউ যেন টেরই পায় না। সেদিন যখন প্রতিদিনের খবরের কাগজের টাকা মিটিয়ে বললো, "আর পেপার দিও না।" ছেলেটা ঘুরিয়ে জানতেও চাইলো

না, "কেন জ্যেঠু?" শুধু, "আচ্ছা।" বলে সাইকেল চালিয়ে দিলো। তাই আর কাউকেই কিছু বলেনি। মুদি দোকান, বাজার, মাছের দোকান সকলেই তাদের জীবন চালিয়ে নিয়ে যাচ্ছে নিয়মিত ছন্দে। কোনো এক খদ্দের কাল থেকে আর কোনোদিনই আসবে না দোকানে, তাতে তাদের ভ্রুক্ষেপও নেই। এতে কর্ণেশের কোনো আক্ষেপ নেই। সেও কখনো চায়নি তাকে কেউ দেখুক, মনে রাখুক। সরকারি চাকরিও করেছে ঠিক এমনই ভাবে। মুখ লুকিয়ে দশটা-পাঁচটার ডিউটি। বছরে দু-বার পুরী কিংবা দার্জিলিং পরিবারের সঙ্গে। অফিস থেকে ফিরে অত্রির সঙ্গে দু-দণ্ড গপ্পো, ছেলের পড়াশুনার খবর, রাতে হালকা খাওয়া, ঘণ্টা সাতেকের ঘুম, ব্যাস জীবন পরিপূর্ণ। আজীবন অত্রিও অভিযোগ করে এসেছে, "তুমি এমন পাথরের মতন ঠান্ডা কেমন করে থাকো বলো তো?" ঝঞ্ঝাট সে এড়িয়ে চলে সেই ছেলেবেলা থেকেই। নিজের বিশ্বাস-অবিশ্বাস নিয়ে তোলপাড় করবার লোকও সে নয়। সারাজীবন কর্ণেশ বিশ্বাস করে এসেছে কথায় কথা বাড়ে। ফলে আড্ডা জমানোর মতন কোনো আড্ডাখানাও নেই তার। অফিসের দু-তিনজন পরিচিত আছেন যাঁরা অত্রি চলে যাওয়ার সময় এসেছিলেন, তাঁদেরকেই মাঝেমাঝে কৃতজ্ঞতাবশত ফোন করত সে। তাঁরা তাঁদের বাড়িতে আসবার আমন্ত্রণ জানালেও কর্ণেশ এড়িয়ে গেছে অছিলায়। যে সারাজীবনই কারোর সঙ্গে জড়ায়নি, সে নতুন করে এই বুড়ো বয়সে এসে কারোর সঙ্গে জড়িয়ে পড়তে চায় না। আসলে কর্ণেশ সেই প্রজাতির মানুষ যার কাছে সমস্ত পৃথিবীটাই এক আস্ত স্বাভাবিক বস্তু।

একটু রাত করেই আজ আলমারিটা নিয়ে গেল একটা ম্যাটাডোর। পাপাই ফোন করেছিলো।

—সব গোছানো আছে তো বাবা?

—হ্যাঁরে।

—গাড়ি বলে দিয়েছো তো?

পাড়ায় তার একটি গাড়ির মালিকের সঙ্গে আলাপ হয়েছে, অত্রিকে হাসপাতাল নিয়ে যাওয়া-আসার সময়। সেই দেবুকেই বলে দিয়েছে কাল সকালে আসবার জন্য।

—বলে দিয়েছি। ন'টা নাগাদ আসবে দেবু। তুই কি থাকবি এয়ারপোর্টে?

যদিও কর্ণেশ পাপাইয়ের গুরগাঁও-এর ফ্ল্যাট চেনে, তবু প্রতিবারই পাপাই আসে এয়ারপোর্টে। নতুন ফ্ল্যাটটা কেনার পর থেকে কর্ণেশ বার দশেক গিয়েছে গুরগাঁওতে। চিনে নিয়েছে আশপাশটা। ওদের সোসাইটির মধ্যেই একটা পার্ক আছে। বিকেলে প্রতিদিনই কর্ণেশ তার নাতিকে নিয়ে গিয়েছে সেখানে। আশেপাশের কয়েকটি ফ্ল্যাটের বয়স্কদের সঙ্গেও আলাপ হয়েছে। আসলে সে আলাপ করতে চায়নি, ওরাই গায়ে পড়ে আলাপ জমিয়েছে। নতুন জায়গা বলে খুব বেশি ইগনোরও করতে পারেনি কর্ণেশ। মোদ্দা-কথা হল, গুরগাঁও এখন তার কাছে কলকাতারই মতন পরিচিত। তবু পাপাই এলে সুটকেসগুলো নিতে সুবিধে হবে।

—হ্যাঁ বাবা, আমি থাকবো। মধু আসতে পারবে না। বাবুকে সে সময় অ্যাবাকাস ক্লাস থেকে আনতে যেতে হয়।

—আরে মধুকে আসতে হবে কেন? তুইও অফিস কামাই করিস না।

—বাবা কাল শনিবার। আমার উইক এন্ড।

আজকাল আর দিন, বার মনে থাকে না কর্ণেশের। রিটার্মেন্টের পর থেকে এইসব বার ইত্যাদিও নিরর্থক হয়ে গেছে তার জীবনে। পেনশন এলে এসএমএস-ই মনে করিয়ে দেয়। প্রয়োজন মতন টাকাও তুলে আনে। ফলে তারিখ, বার তার কাছে বাহুল্যমাত্র। প্রায় বারো বছর হয়ে গেল প্রতিদিনের ব্যালকনিতে এসে পড়া

পেপারটাও সে পড়েনি। অত্রি পড়তো বলে পেপার আসতো। ও চলে যাওয়ার পরও সেই অভ্যাসেই এই দেড় বছর এসেছে পেপারটা। বেশিরভাগ দিন ব্যালকনিতেই পড়ে থাকতো। পরেরদিন সকালে কাজের মেয়েটি ঝাড় দেওয়ার সময় তুলে রেখে দিত পাশের টেবিলে।

—হুম, বাবু ঘুমিয়ে পড়েছে?

—না, না। সে এখন গেম নিয়ে বসেছে।

—আচ্ছা। তুই শুয়ে পড়। কাল দেখা হচ্ছে।

ফোন কেটে দিয়ে শুতে যায় কর্ণেশ। আলো নিভিয়ে বিছানায় শুয়ে পায়ের দিকে তাকাতেই বুকটা ছ্যাঁত করে ওঠে। অত্রির বিয়ের আলমারির জায়গাটা ফাঁকা।

মাত্র চারদিনেই কর্ণেশ সেটেল করে গেছে। কোনোকালেই তাকে নতুন কোনো অভ্যাসের ওপর নিয়ন্ত্রণ পেতে তপস্যা করতে হয়নি। অত্রির চলে যাওয়ার পর নিজের একাকিত্ব সে গুছিয়ে নিয়েছে দু-একদিনেই। দিনের অভ্যাসবসত কোনো কোনো সময় অত্রিকে মনে পড়া ছাড়া আর কখনোই অত্রি নেই বলে তার জীবন থেমে গিয়েছে বলে বিশ্বাস হয়নি। এমনকী অত্রির দৈনন্দিন অভ্যাসকে কর্ণেশ বয়ে নিয়ে যায়নি একদিনও। অত্রির ঠাকুরঘরের জিনিসপত্র একে-ওকে দিয়ে দিয়েছে শ্রাদ্ধশান্তির কাজ মিটতেই। এক সময় ঠাকুরঘরটিই কর্ণেশের বাতিল আসবাবপত্র রাখবার ঘর হয়ে ওঠে। অনেকদিন পর পাপাই এসে এসব দেখে বেশ চমকে উঠেছিলো। "তুমি মায়ের ঠাকুরঘরকে ভাড়ার ঘর বানিয়েছো?" কর্ণেশ মুচকি হাসে। "আরে মা যে বলতো, এতে সংসারের অকল্যাণ হয়!"

—পাপাই, যে সংসার তিন মাস পর অন্য কারোর হবে, তার কল্যাণ অকল্যাণ নিয়ে ভাবনাটা একটু বেশি গায়ে পড়া মনে হয় না তোর?

ফ্ল্যাটের এই নতুন অংশেও কোনো ঠাকুরঘর রাখেনি কর্ণেশ। মধু একটু অবাকই হয়েছিলো। একদিন ডিনার টেবিলে হালকা করে তুলেছিলো প্রসঙ্গটা, "বাবা তোমার ঘরের কোথাও অন্তত একটা ঠাকুরের ছবি রাখো। এখানে নাস্তিকদেরও মুসলমান হিসেবে ধরা হয় কিন্তু!" এ আঁচ যে কর্ণেশ পায়নি তা নয়। তার দিকের ব্যালকনিটা খুললেই পাশের ফ্ল্যাটের ঝুলন্ত ব্যালকনিটা দেখা যায়। নতুন পড়শি দেখে পাশের ফ্ল্যাটের এক গাঁট্টাগোট্টা বয়স্ক লোক কর্ণেশকে 'নমস্তে' বলে। স্বভাবসিদ্ধ ভঙ্গিমায় কর্ণেশও নমস্কার জানিয়ে ভেজা গামছা না মেলেই ফিরে আসছিলো। উলটো দিকের মানুষটি নিজেই কথা শুরু করে দিলো। "নয়ে আয়ে হে?"

—জি।

—কাঁহাসে হো জি আপ?

—কলকাতা।

—আপকা নাম?

—কর্ণেশ অধিকারী।

—কর্নেল?

—না, না। কর্ণেশ। 'শ' লাস্টমে।

—আচ্ছা, আচ্ছা। তো অধিকারী কৌনসা গোত্র হতে হ্যায়? এ তো মহা মুশকিল। যে জন্মে তার জন্মছকই বানায়নি, মন্দিরে গেলে পুজো দিতো অত্রি আর কর্ণেশ তার পিছনে দাঁড়িয়ে থাকতো, তাকে জিজ্ঞেস করেছে গোত্র! বেশ কয়েক মিনিট ভাবনার পর প্রায় আন্দাজেই বলেছিলো শাণ্ডিল্য। আর ঠিক তার পরের প্রশ্নই ছিলো, "শাণ্ডিল্য মতলব? ইয়ে কৌনসা জাত হুয়ে?" এ তো আরেক কেলেঙ্কারি! জাত তো হিন্দু। কিন্তু সে মাতব্বর মানবে না। "নেহি ও ওয়ালা জাত নেহি। ব্রাহ্মণ ইয়া কোই অউর জাত?" মধু ঠিক সেই সময়েই ব্যালকনিতে বসানো টবে জল দিতে এসেছিলো। সে সামাল দিলো ব্যাপারটা। "আঙ্কেলজি, হাম লোগ

ব্রাহ্মিন হ্যায়।" এতক্ষণে যেন লোকটার ধড়ে প্রাণ এলো। "বহুত বড়িয়া বেটিয়া। হামলোগ ভি ব্রাহ্মিন হ্যায়। পরন্তু আপলোগ মছলি খাতে হ্যায় ক্যায়সে?" আরে, দাঁত দিয়ে খাই! এ আবার জিজ্ঞেস করবার কী আছে? মধু এর কোনো উত্তর না দিয়ে কেবল একটু হেসে মগটা নিয়ে চলে আসে ভেতরে। কর্ণেশও রেলিং-এ গামছা মেলে চলে যেতে উদ্যত হতেই লোকটি বললো, "মেরা নাম জীতেন্দর শর্মা। কভি আইয়ে নীচে পারাক মে। ব্যায়ঠকে গপ্পে মারেঙ্গে।" কর্ণেশ লোকটির হাত থেকে মুক্তি পাওয়ায় জন্য, "জরুর, জরুর" বলতে বলতে ঘরে ঢুকে ব্যালকনির দরজা বন্ধ করে। তবু তার ইচ্ছে হয়নি ঘরে কোনো ঠাকুর-দেবতার ছবি টাঙাতে। চেনা বামুনের কি আর পৈতে লাগে?

এখানে সকালে বাজার বসে না। সকালের বাজার বলতে দুধ, পাঁউরুটি, ডিম ইত্যাদি। যা কিছু ফ্রেস সবজি-বাজার, তা সন্ধের জন্য রাখা থাকে। এসব অভ্যাস করতেও বেশি সময় লাগেনি কর্ণেশের। বাচ্চাটাকে পার্কে ঘুরিয়ে উপরে রেখে এসে সে বেরোয় বাজার করতে। মধুর থেকে জেনে নেয় কী কী লাগবে। এখানে চিকেন, মাছ পাওয়া যায় না মার্কেটে। সেসব অ্যাপ-এ আসে। কর্ণেশ এখনো এই অ্যাপের ব্যবহারটা শিখে নেয়নি। মধুই দিয়ে দেয়। ডিম কেনে কর্ণেশ। এখানে ফুলকপি, বাঁধাকপি, গাজর সারা বছরই পাওয়া যায়। গাজর, লম্বা লাউ, ফ্রোজেন মটর দিয়ে ডালই প্রায় প্রতিদিন হয়। রুকসানা সকালে এই ডাল, ডিম বা মাছ ভাজা আর ভাত করে দেয় পাপাইকে। বাবু ব্রেড, ওমলেট আর জুস খেয়ে স্কুলের বাস ধরে। টিফিন হয় স্কুলের ডায়েট চার্ট দেখে। বাবুর খাওয়ার মধুই করে দেয়। কর্ণেশ সকালে দুটো পাঁউরুটি টোস্ট করে নেয় টোস্টারে। তাতেই তার ব্রেকফাস্ট হয়ে যায়। লাঞ্চ করে তাড়াতাড়ি, বাবু ফেরার আগে। বাবু স্কুল থেকে ফিরলে বাড়িজুড়ে এক দক্ষযজ্ঞ চলে। এ ঘর থেকে ও ঘর সে দৌড়ে বেড়ায়। স্কুলের অসম্পূর্ণ 'সরারত' সেরে নেয় বাড়িতে।

তারপর স্নান সেরে খেতে বসলে শুরু হয় আরেক যুদ্ধ। মধুর গলা বারোতলা থেকে চোদ্দোতলাতে ওঠে। তবু প্রায় দিনই খাওয়া শেষ না করে উঠে যায় বাবু। কর্ণেশ এটা এনজয় করে। এই সময়টা কেটে যায় হুস করে। ঝুপ করে নৈঃশব্দ নামে ফ্ল্যাটে বাবু ঘুমিয়ে পড়লে। কর্ণেশ আজকাল মোবাইলেই সিরিয়াল দেখা শুরু করেছে। দুপুরে ঘুমালে রাতে ঘুম আসতে চায় না। সাড়ে পাঁচটা বাজলে নীচে নামে বাবুকে নিয়ে। সে তার সোসাইটির বন্ধুদের সঙ্গে মেতে ওঠে খেলায়। কর্ণেশ অনিচ্ছা সত্ত্বেও গিয়ে বসে পাশের ফ্ল্যাটের বুড়োদের বেঞ্চে। এ এক আজব বেঞ্চ। এমন আলোচনা কর্ণেশ বাপের জন্মেও শোনেনি। কার বউমা কোন ব্রত করে না। হিন্দু সোসাইটিতে কেন মুসলমান কাজের লোক থাকবে। কার পেটের ব্যথা গ্রামের গুরুজি পেশি টেনে ঠিক করে দিয়েছে। কার গ্রহের দোষ কেটে গেছে কোন মন্দিরে পুজো দিয়ে। কর্ণেশকে প্রশ্নে প্রশ্নে জর্জরিত করে দেয়, বাঙালি কালাজাদু নিয়ে। প্রথমে সে এসব এড়িয়ে গেলেও আজকাল তার পড়া তন্ত্রের উপন্যাস থেকে তারিয়ে শোনায় নানান গপ্পো। এই সব গালগল্প গোগ্রাসে গেলে এই হাইরাইজের বাসিন্দারা। সে মজা পায়। অল্প কিছুদিনেই অলৌকিক গল্প বলিয়ে হিসেবে বেশ নাম হয়েছে কর্ণেশের। সে কোনো একদিন আড্ডায় না গেলেই পরের দিন একস্ট্রা গল্প শোনাতে হয়। এতকাল ধরে পড়ে আসা গল্প-উপন্যাসগুলোর এই যেন সঠিক ব্যবহার হচ্ছে এই হয়তো আড্ডার মজা। আজকাল মাঝে মাঝে ভাবে কর্ণেশ. এমন আড্ডার মজা সে এতকাল এড়িয়ে এসেছে!

দু-দিন হয়ে গেল রুকসানা আসছে না কাজে। ফোনটাও বন্ধ। সকাল থেকে সব কিছু মধুকেই সামলাতে হচ্ছে। হরিয়ানার কোন এক শহরে দাঙ্গা হয়েছে। তাই সমস্ত গুরুগ্রাম জুড়ে বন্ধ

মাছ-মাংসের দোকান। পাপাই খবর নিয়ে এসেছে বেশিরভাগ দোকানই ভেঙে দিয়েছে হিন্দুপন্থী সংগঠন। মধু বললো, সম্ভবত রুকসানাদেরও এই কারণে তাড়িয়ে দিয়েছে বাড়িওয়ালা। বিকেলে সে খবর পাক্কা হল। আজকের পার্কের আড্ডার প্রধান বিষয়ই ছিলো এই দাঙ্গা এবং সোসাইটিতে আর কখনো যেন কেউ মুসলমান কাজের লোক না রাখে, সে নিয়ে কড়া নির্দেশ জারি করবার দাবি। কর্ণেশ বললো, "বাট যো লোক ইহাপে কাম করনে কে লিয়ে আতে হ্যায় ও তো দাঙ্গা নেই করতে। ও লোক তো বহুত শান্ত হ্যায়।" বাকিরা রে রে করে উঠলো। প্রত্যেকে অন্তত শ-খানেক অ্যান্টি-মুসলমান গল্প শুনিয়ে দিলো। কর্ণেশ বুঝলো এ নিয়ে তর্কে না যাওয়াই ভালো। সে চুপ করে কেবল মাথা নাড়িয়ে গেল। রাতে রুকসানা ফোন করলো মধুকে। সে হরিয়ানা ছেড়ে দেশে যেতে চায়, কিন্তু রাস্তায় রাস্তায় পাহারা দিচ্ছে দাঙ্গাবাজেরা। যদি পাপাই কোনো গাড়ির ব্যবস্থা করে দেয় তাদের জন্য! মধু ব্যপারটা নিজের মতন করে সামলে নিলো। বলে দিলো, "আরে তোমার দাদা তো শহরে নেই। অফিস ট্যুরে মুম্বাই গেছে। থাকলে ও নিশ্চয়ই ব্যবস্থা করে দিত।" রুকসানা আশাহত হয়ে ফোনটা ছেড়ে দিলো। কর্ণেশ নিশ্চিন্ত হল। এইসব ঝামেলায় না পড়াই ভালো। ওদিকে সোসাইটি গ্রুপেও আলোচনা চলছে কারোর বাড়িতে যেন মুসলমান কাজের লোক না রাখা হয়। কেউ কেউ বলেছে এখানে লোকাল কাজের লোক তো পাওয়াই যায় না। তাদের বেশ করে অনলাইন লিঞ্চিং করা হয়েছে। রুকসানারা আসে উত্তরবঙ্গের নানান গ্রাম থেকে। বেশ সস্তায় কাজ করে ওরা। লোকাল কাজের লোকেরা তাই এই বাঙালি কাজের লোকগুলোর ওপর চটে থাকে সারা বছরই। দু-দিন পরেই কোনো এক ফ্ল্যাটের রেফারেন্সে নতুন কাজের লোক এসেছে ঘরে। মাইনে চেয়েছে রুকসানার ডবল। অন্যদিকে সে আবার রুটি-ডাল ছাড়া আর কিছুই বানাতে জানে না। আমিষ সে বানাবে না। সবেতেই রসুন

দেয়। প্রায় দিনই খাবার ফেলতে হচ্ছে। সপ্তাহখানেক এসব চলার পর মধু মেয়েটিকে রান্নার কাজ থেকে অব্যাহতি দিয়ে কেবল ঘর পরিষ্কারের জন্য রেখেছে। কিন্তু তাতেও সে মাইনে কমাবে না। অগত্যা গিলতে হয়েছে সেই আবদারও।

এসব শান্ত হতে সময় নিলো দু-মাস। পাপাই মসে দু-তিন বার প্রায় সাতাশ কিলোমিটার ড্রাইভ করে দিল্লি থেকে মাছ-মাংস কিনে এনেছে। এই কয়েক মাসে কর্ণেশ কিছু কিছু রান্না শিখে নিয়েছে। আলুর তরকারি, ডাল। মধুর খানিক সুবিধে হয়। মেয়েটা এই দুরন্ত ছেলেকে নিয়ে সবটা সামলাতে পারে না। চায়ের জন্য কর্ণেশই অনলাইনে কিনেছে ইলেকট্রিক কেটেল, টি পট। মধুও আজকাল গ্রিন টি ব্যাগে অভ্যস্ত হয়ে গেছে। পরিস্থিতিই মানুষের কমফোর্ট জোন ভাঙে। না হলে দিনে দু-বার রুকসানার বানিয়ে দেওয়া আদা দিয়ে দুধ চা ছাড়া মধুর মনই ভরতো না। তিনমাস পর রুকসানা ফিরে এলো কাজে। তাকে পুনর্বহাল করতে অপেক্ষা করতে হল আরও কয়েক সপ্তাহ। মাস শেষ না হওয়া অবধি পুরোনো মেয়েটিকে ছাড়াতে পারছিলো না।

খাওয়ার টেবিলে সেদিন এসবই আলোচনা হচ্ছিলো। পাপাই বললো, "সুযোগ পেলেই ব্যাঙ্গালোর পালাবো বাবা। এসব ঝামেলা নেয়া যাচ্ছে না।" মধুর ইচ্ছে মুম্বাই। দুটো শহরই বেশ দামি। কর্ণেশের কোনো শহরই অপছন্দের নয়। তবে আজকাল ভাবে, অন্য শহরে তার এই গাল-গল্প শোনবার লোক কি পাওয়া যাবে? মধু সোসাইটি গ্রুপ থেকে পড়ে শোনায়, কেউ একজন নতুন টেনেন্ট বিজ্ঞাপন দিয়েছে, তার বাড়িতে কাজের জন্য হিন্দু কাজের লোক চায়। কিছু মানুষ তাতে আপত্তি জানানোয়, অন্য লোকেরা এসে সেই সব অসাম্প্রদায়িক লোকদের আচ্ছা করে হিন্দুত্বের পাঠ পড়িয়ে গেছে। ভাতের গ্রাস মুখে তুলতে তুলতে কর্ণেশই বলে, "যাই বল, কলকাতা এসব থেকে বেঁচে আছে এখনো।" পাপাই মধু দু-জনই এগ্রি করে। ভাতের প্লেট

শেষ করতে করতে পাপাই বলে, "যাইহোক বাবা, রুকসানা এসে গেছে এবার খানিকটা নিশ্চিন্ত।" যদিও মধুরা মনে করিয়ে দেয়, "আমি কিন্তু বলেছিলাম, ওই সময় তুমি বাইরে ছিলে!"

এবারের পুজোটা বেশ ভালোই কাটলো কর্ণেশের। সোসাইটিতেই বাঙালিরা মিলে একটা আধা বাঙালি আধা নর্থ ইন্ডিয়ান দুর্গাপুজো করে। সকালে পুজো, অঞ্জলি, ভোগের পর রাতে ডিজে বাজিয়ে ডান্ডিয়া। এক অন্য উন্মাদনা। তবে ভোগে মাছ দেওয়া নিয়ে হয়েছে তুমুল বিতণ্ডা। নবরাত্রিতে মাছ দেওয়া যাবে না, উত্তর ভারতীয়দের এমন দাবিকে মান্যতা দিয়ে নিরামিষ ভোগেই পুজো সম্পন্ন হয়েছে। একদিন মটন ভুনা, চিকেন বিরিয়ানি, একদিন তন্দুরি চিকেন অনলাইন ফুড ডেলিভারি অ্যাপেই কিনে খেয়েছে কর্ণেশরা। তাও লুকিয়ে-চুরিয়ে। আশেপাশের লোক গন্ধ পেলে আবার কী সমস্যা বাধায়! লক্ষ্মীপুজো করে মধু। সোসাইটির দু-চারজন বাঙালিকে ডেকে ভোগও খাওয়ায়। সকলেই সেদিন কথায় কথায় এই পুরো পুজোয় মাছ না খেতে পারার ক্ষোভ উগরে দিয়ে গেল। কিন্তু সাহস করে বলতে পারলো না, কলকাতাতেই চলে যাবো!

নবরাত্রির ক্লান্তি ভুলে সমস্ত গুরুগ্রাম দিওয়ালির প্রস্তুতিতে ব্যস্ত। কর্ণেশ পার্ক থেকে ফিরে মধুরার কাছে জানতে চায়, "বাজার থেকে কী আনতে হবে মধু?"

—বাবা আজ আমিও যাবো তোমার সঙ্গে।

—ওমা, কেন?

—আরে কাল করবা চৌথ না! অনেক কিছু কিনতে হবে।

—সে আবার কী?

—ও এক পুজো। স্বামীর মঙ্গল কামনায় করতে হয়, সারাদিন উপোস করে। আরে তুমি সিনেমায় দেখোনি?

—সে তো এখানকার মানুষ করে। তুমিও করো নাকি?

—না করে উপায় আছে? সারা সোসাইটি মাথা খারাপ

করে দিয়েছিলো প্রথম বছর। তারপর থেকে অভ্যাস হয়ে গেছে। মেহেন্দিও পরতে হবে আবার। তুমি দাঁড়াও, আমি আসছি রেডি হয়ে। বাবু, ডোন্ট পুট অফ ইয়োর সু, আমরা বাইরে যাবো।

মার্কেট আজ ভিড়ে ভিড়াক্কার। মহিলারাই বেশি। নানান জায়গায় স্টুল পেতে বসে মেহেন্দি পরছে মেয়েরা। দোকানেও প্রবল ভিড়। মধু প্রথমেই লাইন দিয়েছে মেহেন্দির ওখানে। বেশ অনেকে আছে অপেক্ষায়, ফলে সময় লাগবে। মেহেন্দি পরে তারপর বাজার করবে। তাড়াহুড়োই বা কী আছে! সবে সাতটা বাজে। পাপাই আসবে সেই সাড়ে ন'টা। কর্ণেশ বাবুকে নিয়ে হাঁটতে হাঁটতে সোসাইটির বাইরের রাস্তায় বেরোয়। বড়ো, চওড়া রাস্তা। ঠিক শহুরে ব্যস্ত রাস্তা নয়। এটা আশেপাশের তিনটে সোসাইটির নিজস্ব রাস্তা। পার্সোনাল গাড়ি, বাইক ছাড়া আর কিছুই চলাচল করে না। মেন রাস্তা আরেকটু দুরে। সন্ধেবেলাতে রাস্তা বেশ ফাঁকাই থাকে। কিছু মানুষ ঘরের পোষ্যকে নিয়ে ঘুরতে বের হয়। রাস্তার দু-ধারে গাছের সারি। মুলত চাঁপা আর বোগেনভিলিয়া। গাছের সামনেটুকু খানিক উঁচু করে বাঁধিয়ে দেওয়া হয়েছে। তারই উপর কেউ কেউ বসে আড্ডা দেয়। এরা মুলত সোসাইটিগুলোতে কাজ করে। এটা তাদের ডিউটি ব্রেকের জায়গা। বাবুকে নিয়ে হাঁটতে হাঁটতে প্রায় মেন রাস্তার কাছে চলে এসেছে কর্ণেশ। একটু দুরে স্ট্রিট লাইটের শেষ আলোর টুকরো ফেড হয়ে পড়েছে রাস্তার ওপর। সেই আধা-অন্ধকারের মধ্যে থেকেই কে যেন ডাকলো কর্ণেশকে। "আঙ্কেলজি!" কর্ণেশ ঠাহর করতে পারলো না লোকটা কে? চোখ ছোটো করে মানুষটার মুখ চেনার চেষ্টা করলো। "নমস্তে আঙ্কেল! আপ লোগোনে ফিরসে রুকসানা কো কামপে রাখলি?" লোকটাকে চেনে না কর্ণেশ। কিন্তু সে এই প্রশ্ন কেন করছে? কথার উত্তর না দিয়ে সোসাইটির দিকে ফেরে কর্ণেশ। লোকটিও উঠে তার পিছু নিয়েছে। ঠিক ধাওয়া

না করলেও তাদের ফলো করছে। অনেককাল পর কর্ণেশ ভয় পেল। মনে মনেই বলে উঠলো, হে ঈশ্বর রক্ষা করো! বাবুর জন্য জোরে হাঁটা সম্ভব হচ্ছে না। বাবুও বুঝতে পেরেছে কিছু একটা সমস্যা হয়েছে, তার নানান আপনভোলা প্রশ্ন থেমে গেছে। আর পা দশেক হাঁটলেই সোসাইটি গেট। কপালে, পিঠে ঘাম জমেছে কর্ণেশের। এবার লোকটা থেমে গেল। শুধু উঁচু গলায় বললো, "ইয়ে আচ্ছে নেহি কিয়ে আপলোগোনে! নেকস্ট টাইম উন লোগোকে সাথ আপ লোগোকা ঘর ভি..." শেষ শব্দটা হাওয়াতে ভেসে যায় অন্য পথে, কর্ণেশের কানে আসে না।

কালীপুজোর সঙ্গে সঙ্গেই হাওয়াতে হালকা হিমেল ছোঁয়া এসেছে এই প্রদেশে। রাত হলে চাদর গায়ে দিতে হচ্ছে আজকাল। কিন্তু শ্বাস নেওয়াটা অসহ্য হয়ে উঠেছে। চারিদিকে ধূসর ধোঁয়াশার চাদর। বাবুদের স্কুলও ছুটি দিয়ে অনলাইনেই চলছে এখন। খুব প্রয়োজন না পড়লে কর্ণেশ বাইরে যাচ্ছে না। পার্কে যাওয়াও বন্ধ করেছে। পার্কের আড্ডা আজকাল বসছে কারো না কারোর ফ্ল্যাটে। কর্ণেশ বেশিরভাগ আড্ডাই এড়িয়ে চলে। যদিও মধু বারবার না করে এদের এড়িয়ে চলতে। "দেখো একই সাথে থাকি, এদের এড়িয়ে চললে এরা কিন্তু আমাদের শত্রু হয়ে উঠবে।" পাপাইয়েরও একই মত। তাই কখনো কখনো কোনো কোনো আড্ডায় যায় কর্ণেশ। তবে আগের মতন আর খুলে মিশতে পারে না। তার ভয় হয়। চুপ করে থাকে বেশিরভাগ সময়ই। হোয়াটসঅ্যাপ গ্রুপের নানান খবরে সরগরম হয়ে থাকে আড্ডা। কোন দেশে মাটি খুঁড়ে হনুমানের একশো ফুটের গদা পাওয়া গেছে, কোথায় চল্লিশ ফুটের পদচিহ্ন, কোন শাস্ত্রে লেখা আছে সকালে উঠে কোন মন্ত্র পড়লে আয়ু বাড়ে ইত্যাদি। আবার কখনো হিন্দু নিধনের মিথ্যে খবরে ওদের মধ্যে জ্বলে ওঠে দ্বেষের আগুন। কর্ণেশ আরও গুটিয়ে যায়। আলোচনাটা যেন রুকসানা অবধি না যায়! সপ্তাহখানেক আগে অনলাইনে হনুমানজির মস্ত

ফটোফ্রেম কিনেছে সে, শোয়ার ঘরে টাঙাবার জন্য। কারণ যে-কোনোদিন তার ঘরেও আড্ডা বসতে পারে। পাপাই কিনে এনেছে নকল ফুলের মালা। ছবিতে মধুরা গোলা সিঁদুর ফোঁটা পরাতে পরাতে মনে করালো, "ছবি কিনলে, মালা কিনলে না বাবা? এ তো আর শো পিস নয়! এই শোনো তুমি একটা মালা কিনে এনো তো আজ। আর একটা হনুমান চল্লিশা।"

—কিন্তু আমি তো হিন্দি পড়তে পারি না!

কর্ণেশ বেশ বিব্রত হল।

—পড়তে হবে না বাবা। ছবি আছে আর চল্লিশা নেই, এ কেমন কথা! ঝামেলায় পড়বে তো!

দাড়িটা বেশ বড়ো হয়েছে। অনলাইনেই নাপিত ডেকেছে আজ কর্ণেশ। বিকেলে পার্কের সকলে আড্ডায় আসবে। তাই দুপুরেই ডেকে নিয়েছে। আজকাল নিজে দাড়ি কাটতে গেলে গাল কাটে অথবা এক গোছা সাদা দাড়ি থেকে যায় চোখের ভুলে। মধুরা আর বাবু আজ নেই। বাবুর কোন এক বন্ধুর বার্থ ডে পার্টিতে গেছে। অ্যাপে দেখাচ্ছে ছেলেটা আসছে আর দশ মিনিটেই। নীচে সিকিউরিটিকে ফোন করে বলে দিতে হবে ছেলেটার নামধাম।

—সাহাব বোলিয়ে?

—শুনো ভাই, এক লড়কা আয়ে গা বাহারসে। নাম হ্যায়, সুলতা...

নামটা উচ্চারণ করতে গিয়েই থমকে যায় কর্ণেশ। সে খেয়ালই করেনি আগে নামটা! হঠাৎ তার মাথা খালি হয়ে যায়। আগে দেখলে ক্যানসেল করে দিত স্লট। যদি আশেপাশের কেউ জেনে যায়? যদি সিকিউরিটির ছেলেটা বলে দেয় সকলকে...

—সাহাব, ক্যায়া নাম বাতায়ে? হ্যালো?

ওপারে ছেলেটা চিৎকার করছে। কর্ণেশ ঢোক গিলে বলে,

“সুলতান।” এতটাই ধীরে বলে নামটা যে, সিকিউরিটি ঠিক মতন শুনতে পায় না। সে রিপিট করে, “মুলতান?” কর্ণেশ কোনোক্রমে ‘হ্যাঁ’ বলে ফোনটা ছাড়ে। ড্রয়িংরুমে একটা খাওয়ার চেয়ার সরিয়ে এনে বসবার জায়গা করেছিলো সে। সেই চেয়ারেই বসে পড়ে কর্ণেশ। এই দুপুরে ফাঁকা ঘরে একজন মুসলমানকে ঢোকাবে? যদি পাশের ফ্ল্যাটের শর্মাজি জানতে পারে? মাথা ফাঁকা হয়ে আসছে। আজকাল এমনটাই হয় তার। রুকসানা যতক্ষণ কাজ করে, কর্ণেশের বুক ঢিপ ঢিপ করে। সে সময় বাইরের দরজায় বেল বাজলে কপালে ঘাম জমে। আজকাল ময়লার প্যাকেটটাও হয় সে নিজে অথবা মধু বের করে দেয়। অ্যাপে নোটিফিকেশন এলো, সুলতান লোকেশনে এসে গেছে। কর্ণেশ অনিচ্ছাসত্ত্বেও উঠে পড়ে। ছেলেটা আসলে ওকে না করে দেবে? ঘরেও ঢুকতে দেবে না? যদি কারণ জানতে চায়? শরীর খারাপ বলে দেবে! ছেলেটা যদি জল চায়? জীতেন্দরজি সেদিন বলছিলো ওদের ঘরে অন্য জাতের লোকেদের জন্য জল খাওয়ার আলাদা গ্লাস রাখা থাকে। তাদের ঘরে তো এদের জন্য আলাদা কোনো গ্লাস বা বোতল রাখা নেই!

রানির ঘরে যে ধন আছে

এমন জরুরি পরিস্থিতি ডুমুরদেশে বহুকাল আসেনি। রানিমা একদম কোর মন্ত্রীসভার মিটিং ডেকেছেন আজ বিকেলেই। এ দেশে রাজা নেই। রানিমা বিয়ে করেননি। কিন্তু তিনিই রানিমা। দিদি নয়, বোন নয়, মা নয় এমনকী ম্যাডামও নয়, তিনি নিজেই এক সকালে ঘোষণা করলেন আমাকে রানিমা বলে ডাকবে দেশবাসী। কেউ কেউ মিন মিন স্বরে প্রশ্ন তুলেছিলেন, রানিমা কেন? কার রানি উনি? রাজা কই? প্রশ্নগুলো বিকেলের হালকা হাওয়ায় রাজবাড়ির জানলায় ভেসে আসতেই সান্ত্রি পাঠিয়ে টেনে আনা হল লাল বাড়িতে। লাল বাড়ি ঠিক জেলখানা নয়। ওটা এক বন্ধ ইস্কুল। ভেতরে যে কী হয় কেউ জানে না! তবে যে-ক'জন ওখান থেকে বাইরে বেরিয়েছেন তারা এখন রানিমার সৈন্যদলের গুরুত্বপুর্ণ সদস্য। বাকিদের নাকি খোঁজ নেই! ফলে কেউ আর ভুল করেও জানতে চায়নি, রানিমা, কেন? যদিও তিনি রানিমা, তবুও তিনি থাকেন সাদামাটাই। রাজবাড়ির মন্দিরের পাশে তার একটি আশ্রম টাইপের কুঁড়ে ঘর আছে। সেখানেই দু-টনের এসি লাগিয়ে রাত কাটান তিনি। খানও সামান্য, গ্রামের চাল ভাজা, দিনে কিছু ফল, রাতে তিনটে রুটি আর এক বাটি সবজি-ডাল।

আমিষ তিনি খান না। আমিষে নাকি আয়ু কমে! তিনি আরও খানিক বাঁচতে চান। অনেক কাজ বাকি তার। কিন্তু যে সমস্যায় তিনি পড়েছেন, তাতে আর বাকি থাকা কাজ করে ওঠা মুশকিল। সে কারণেই আজকের এই মিটিং।

কোর মন্ত্রীসভার আটজন সদস্য এসে গেছেন সময়ের আগেই। সকলের চোখের তলায় কালশিটে দাগ। বোঝা যায় রাতের ঘুম উড়েছে সকলের। চায়ের পাত্র কারোরই খালি হয়নি। চা জুড়িয়ে জল হয়েছে। রানিমা সঙ্গে বিস্কুটও পাঠিয়েছেন। তা কেউ হাতে তুলেও দেখেনি। অন্য সময় হলে বড়ো বাটিতে মুড়ি আর চানাচুর থাকতো। আজ দেশের এই দুরাবস্থায়, মুড়ির আড়ম্বর তিনি মেনু থেকে বাদ দিয়েছেন। স্বাস্থ্যমন্ত্রী এর মধ্যেই তিনবার বাইরে গেছেন সিগারেট টানতে। সকলেই জানেন রানিমা সমাধান চাইবেন আজ। কিন্তু সমাধান? কেমন করে সম্ভব? কী আছে এর সমাধান? পুলিশমন্ত্রী চেয়ারে বসেই একটু ঢুলছিলো। চটকা ভাঙলো ফোনের রিং-এ। "হ্যাঁ, বলো?" দপ্তর থেকে নিশীথ ফোন করেছে। আজ ওকে কিছু ফাইল সই করে দেওয়ার কথা। সেগুলো নিয়ে ও রানিমার কাছেই আসতো, কিন্তু... "স্যার, আপনি আসবেন না?"

—নাহে। আমি আজ কখন আসবো ঠিক নেই।

—তাহলে ফাইলগুলো? রানিমা যে...

—আমি রানিমার কাছেই এসেছি। জরুরি কাজ আছে।

—ও আচ্ছা। তাহলে তো ফাইলগুলো...

—আরে রাখো তোমার ফাইল। ও হ্যাঁ, শোনো, আমি যে এখানে তা যেন কেউ না জানে। যদি কোনো সাংবাদিক জানতে পারে, তাহলে কিন্তু...

—বুঝে গেছি, স্যার।

ফোনটা রেখে একবার চারিদিকে দেখে নেয় মন্ত্রীমশাই। সকলেই অলসভাবে তাদের মোবাইল ঘাঁটছে। রানিমার বেয়ারা একবার

দেখে গেল দরজার ফাঁক দিয়ে। অন্যদিন হলে আরেক রাউন্ড চা যাচাই করে যেত। "ওহে শিক্ষা, চলো বাইরে, দু-টান দিয়ে আসি!" শিক্ষাও অনেকক্ষণ ধরে উসখুস করছিলো নিকোটিনের জন্য। সে আসলে এই মন্ত্রীসভায় একেবারেই নবীন। সিনিয়র দাদারা না বললে, হঠাৎ করে উঠে যাওয়াটা... বাইরের বারান্দায় গিয়ে পুলিশমন্ত্রীকে একটা সিগারেট অফার করে সে! পুলিশমন্ত্রীর পকেটে সিগারেটের প্যাকেট থাকলেও সে শিক্ষার সিগারেটই ধরালো। সবার সামনে নিজের জিনিস ব্যবহার সে করতে ভুলেই গেছে অনেককাল হল। টানা সতেরো বছর এক পদে থাকলে এসব অভ্যাস আর থাকে না। এই ক'টা বছরে তার বা তার পরিবারের এমন কিছু নেই যা সে নিজে কিনেছে। যদিও এ কেবল তার একার অভ্যাস নয়। এই কোর মন্ত্রীসভার সকলেরই এক হাল। শিক্ষা দলে নতুন বলে এখনো ওসব অভ্যাস করে উঠতে পারেনি। ওরও হয়ে যাবে আর বছর দুয়েক চেয়ারে বসলেই। মন্ত্রীসভার মন্ত্রীদের মতন তাদের সেনা ফলোয়ার্সদেরও একই অবস্থা। যতটা পারে অন্যের 'উপহার' এবং 'উপঢৌকনের' ওপরই তাদের ভরসা। "তা শিক্ষা, কিছু উপায় ভাবলে?" শিক্ষা সিগারেটে একটা লম্বা টান দিয়ে কিছু একটা বলতে যাচ্ছিলো এমন সময় খাদ্যমন্ত্রী দরজার বাইরে গলা বাড়িয়ে ডাক দিলো, "রানিমা এসে গেছেন"। আধ-খাওয়া সিগারেটটা পায়ে পিষে পড়িমরি করে ঘরে ঢুকলো দু-জনে। রানিমা তার সেই তসর রঙের শাড়ি ঘাড়ের ওপর ঘোমটা তুলে সেন্টার চেয়ারে বসে আছেন। আবদালি এঁটো কাপগুলোকে ট্রেতে তুলছে। রানিমার চোখ সেদিকেই। মুখ গম্ভীর। নিজের চেয়ারে বসে পুলিশমন্ত্রী একবার চারিদিকটা দেখে নিলো। সকলেরই মুখ কাঁচুমাচু। ভাব এমন যেন এক্ষুনি কাউকে মৃত্যুদণ্ড দেওয়া হবে! আবদালি পিছনে না তাকিয়েই দরজা বন্ধ করে দিলো। রানিমা একটা দীর্ঘশ্বাস ফেলে মুখে এক কুচি এলাচ দিলো। সুগন্ধি মুখে রাখা রানিমার

দীর্ঘদিনের অভ্যাস। এতে কটু কথার গায়েও সুগন্ধ লেগে থাকে।

—খাদ্য, ব্যাপারখানা কী? দেশের লোক দেশ ছেড়ে পালাচ্ছে কেন?

খাদ্যমন্ত্রী একটু হকচকিয়ে, গলায় জমে থাকা কফ গিলে উত্তর দেয়,

—সে তো জানি না, রানিমা!

—কে জানে তবে?

—পুলিশ...

খাদ্যমন্ত্রী পুলিশমন্ত্রীর দিকে তাকিয়ে মাথা নাড়ে।

—ওমা, আমি জানি নাকি? রেশনে পাঁচ কেজি চাল দেবে বলে তুমি এক কেজি কেন দাও সে তো তুমিই জানো হে খাদ্য! আর স্বাস্থ্যমন্ত্রী তো...

স্বাস্থ্যমন্ত্রী আঁতকে ওঠে।

—ওমা, এ কেমন কথা? আমি সব্বার পিছনে ইনজেকশন নিয়ে দৌড়োচ্ছি নাকি!

—তা দৌড়োচ্ছো না বলেই না এ অবস্থা! রোগ হলে কেবল চকের ট্যাবলেট খাওয়ালে লোক পালাবে না তো কি এ দেশে রাজপ্রাসাদ গড়বে?

পুলিশমন্ত্রী খেঁচিয়ে ওঠে স্বাস্থ্যমন্ত্রীর ওপর। এসব কথাবার্তা শুনে শিক্ষামন্ত্রী খিক খিক করে হেসে ওঠে।

—এই যে শিক্ষা, তুমি আর দাঁত কেলিয়ো না!

স্বাস্থ্যমন্ত্রী ধমক লাগায় শিক্ষাকে।

—এতদিন তো শিক্ষকদের থেকে টাকা নিয়ে চাকরি দিতে, এখন তো আবার শুনলাম ছাত্রদেরও অ্যানসার শিট বেচতে শুরু করেছো! এবার তো মনে হচ্ছে স্কুলের চক-ডাস্টারটাও তোমরা ছাড়বে না! আর শোনো হে শিক্ষা, বেশি পুলিশের পিছন পিছন ঘুরো না, ওর যা অবস্থা, কোনদিন দেখবে ওরই সিভিক সেনা-ছ্যামড়ারা তোমার গাড়ি থামিয়েই 'চাঁদা' চাইছে!

—এই স্বাস্থ্য...

পুলিশমন্ত্রী চেয়ার ছেড়ে উঠে পড়ে।

—এই থাম সকলে।

রানিমা ধমকে ওঠেন তারস্বরে।

—চোরের মায়ের বড়ো গলা!

রানিমার রুদ্র মূর্তি দেখে জুজুধাম সব পক্ষই স্থির হয়ে বসলো নিজেদের চেয়ারে।

—এ চোর, ও চোর আর বাকি সব সাধুপুরুষ! তা বলি, রেশনের চালটা চুরি না করলে তোর বাড়িতে ভাত চড়বে? নিজে শেষ কবে বাজার থেকে চাল কিনেছিস, ভেবে বলিস তো?

পুলিশমন্ত্রীর দিকে আগুন নজর ফেলে কথাগুলো বললো রানিমা। পুলিশমন্ত্রীর মাথা যেন মাটিতে মিশে যাচ্ছে। এবার রানিমার চোখ ঘোরে ঘরে থাকা বাকিদের দিকে।

—এ চাঁদা তোলে, ও চকের ট্যাবলেট দেয়, এসব নিয়ে না ভেবে ভাবো সেই টাকাগুলো আসে বলেই নিজেদের হানিমুন থেকে চিকিৎসার জন্য চার সমুদ্র পার করে বিদেশে যেতে পারো। শিক্ষা বিক্রি না করলে আমিও দেখবো কেমন করে নিজেদের লকার থেকে নিজেদের সম্পদ বের হয়! তাই বলছি নিজেদের মধ্যে কামড়াকামড়ি না করে যে বিপদে এখন পড়েছি তা থেকে কেমন করে নিস্তার পাওয়া যায় ভাবো। দেশ তো খালি হয়ে যায়! হয় তাদের ফিরিয়ে আনবার ব্যবস্থা করো, না হয় গুপ্তধন খুঁজে বের করো। তা না করতে পারলে আমিও দেখবো তোদের গুপ্তধন কতদিন সুরক্ষিত থাকে! নাও এবার উপায় বলো।

রানিমা চেয়ারে বসতেই কোর মন্ত্রীসভার সবচেয়ে প্রবীণ মানুষ আইনমন্ত্রী বেশ ভারিক্কি চালে নিজের চেয়ার ছেড়ে ওঠবার চেষ্টা করেন। কিন্তু উঠতে পারলেন না। একশো পঁয়ত্রিশ কেজি ওজন একবারে উঠে দাঁড়াবার জন্য একটু বেশিই! রানিমা তাকে হাতের

ইশারায় বসেই নিজের কথাটুকু বলতে বললেন। নির্দেশ মতন আবারও চেয়ারে গা এলিয়ে দিয়ে গলাটা পরিষ্কার করে শুরু করলেন আইনমন্ত্রী।

—দেশের গভীর দুঃসময়ে আমাদের আরও বেঁধে বেঁধে থাকতে হবে। না হলে সমূহ বিপদ।

ভূমিকাতে আরও কিছু বলতে যাচ্ছিলেন আইনমন্ত্রী রানিমা বাধা দিলেন।

—থামো। এটা তোমার জনসভা নয় যে দশ পাতার ভূমিকা শোনাবে! পয়েন্টে এসো।

আইনমন্ত্রী আবারও গলা পরিষ্কার করে শুরু করলেন,

—আমার মনে হয়, যারা গেছে তারা যাক। একটা সম্মেলন করে অন্য দেশের নতুন জনসাধারণকে ফেলে যাওয়া বাড়িগুলোতে বসিয়ে দেওয়া হোক। আর এই নতুন নাগরিক নির্বাচনের জন্য বিশেষ শর্ত হিসেবে পুলিশকে দেখে নিতে হবে সম্পদ কত আছে। তাহলেই প্রবলেম সলভড।

পুলিশমন্ত্রী আবার ফুট কাটলেন,

—এত সোজা দাদা, নতুন লোক আনিয়ে বসানো! যারা বাইরে চলে গেছে তাদের নিয়ে কিছু দেশদ্রোহী আর সংবাদপত্র এমন অপপ্রচার করছে যে অন্য দেশের লোকেরাও এ দেশে এসে থাকা তো দূর, ঘুরতে পর্যন্ত আসতে চাইছে না!

—তার ওপর আমাদের সৈন্যগুলো ফাঁকা বাড়িগুলোকে দখল করেছে। এখন এত সহজে ছাড়বে না। আট মাস মাইনে পায়নি। কিছু না দিলে ওদের দিয়ে কাজ করাবো কেমন করে?

এতক্ষণে শিক্ষামন্ত্রী মুখ খুললো।

—তাহলে এক কাজ করা যাক, রানিমা আবারও একটা মাসোহারা ঘোষণা করুন, মৃতপ্রায় মানুষদের জন্য। এতে দুটো সুবিধে হবে। হাভাতেগুলো মাসোহারার লোভে ওদের বাড়ির বুড়ো-বুড়িগুলোকে নিয়ে আবার ফিরবে, আর বুড়োগুলো কেউ-

ই বেশিদিন বাঁচবে না, ফলে কোষাগারেও চাপ তেমন থাকবে না! খাদ্যমন্ত্রী নিজের আইডিয়া দিয়ে বেশ তৃপ্ত চোখে রানিমার দিকে তাকায়।

—সেই বুড়োগুলো যদি পাঁচ বছরও বাঁচে, ততদিন কি তুই তোর কোষাগার থেকে টাকাটা দিবি? আর হ্যাঁরে, তোদের আমার কোষাগারে এত চোখ কেনরে? আমি দেব মাসোহারা, আর তোরা সেগুলোকে চুরি করে নিজেদের ঘর ভরাবি? এ জন্য তোদের পুষি আমি? নতুন সম্পদ যদি আমাকে এনে না-ই দিতে পারিস, তাহলে দুর হ সব পরগাছা!

—কিন্তু রানিমা, আগেরবারও আপনার দেওয়া মাসোহারার অনেকটাই আপনাকে ফেরত দিয়েছি...

খাদ্যমন্ত্রী শেষবারের জন্য কনভিন্স করতে চায়। রানিমা এ-কথায় তেলে-বেগুনে জ্বলে ওঠেন।

—কত ফেরত দিয়েছিস রে খাদ্য? একশো টাকা নিয়ে তিরিশ টাকা ফেরত দিলে আমার কী থাকে রে? সত্তর টাকা লস?

এই প্রথম খাদ্যমন্ত্রীর গলার স্বর একটু ওপরের দিকে যায়,

—বাকিগুলোর হিসেব লাগালেন না রানিমা? খাদ্য থেকে পুলিশ, স্বাস্থ্য থেকে শিক্ষা যে যে দপ্তর থেকে যা যা আসে, তার দশ শতাংশও কিন্তু আপনার কাছেই আসে রানিমা!

—আমার কাছে আসবে না তো কি তোর কাছে যাবে, বাঁদর? দেশটা কার শুনি?

রানিমার গলা দিয়ে এবার যেন বোমা বেরিয়ে এলো।

—আরে থামুন থামুন সকলে।

এতক্ষণে পরিবেশমন্ত্রী যেন ঘুম থেকে জাগলো। এই মন্ত্রীসভায় সে-ই সবচেয়ে বিচক্ষণ বলে মানেন স্বয়ং রানিমাও। ফলে সকলেই তার মুখের পানে তাকালো, যেন খর গ্রীষ্মের পর আকাশে বর্ষার মেঘ।

—নতুন লোক আসবেই। যাবে কোথায়? সারা পৃথিবীতে

রাম-রাজ্যটা আছে কোথায় শুনি? কিন্তু তাই বলে তো আর ওগুলোর মুখের পানে চেয়ে হাপিত্যেশ করে বসে থাকা যায় না! রানিমার কথায় নতুন গুপ্তধন খুঁজতেই হবে আমাদের। তোমরা বলবে যে দেশে লোকই নেই সেখানে আবার গুপ্তধন কোথায়? আছে বাবা, আছে! দেশের লোক পালালেও, আমাদের সৈন্য, সান্ত্রি, মাথামোটা ফলোয়ার্সগুলো তো আর পালায়নি! তারাও তো কামিয়েছে এতকাল! সে ধন কার? রানিমার। আর রানিমার মানে, তার কিছু প্রসাদ আমাদেরও। আমি বলি কী রানিমা, নতুন চোরেদের টিম তৈরি করি আমরা। গোপনে। কেউ জানতেও পারবে না, এ আমাদের কাজ। লোকে ভাববে শত্রু-দেশের কাজ। আর আমাদের ক্ষয়ে যাওয়া কোষাগারও ভরে উঠবে! তারপর যখন নতুন লোক ফিরবে দেশে তখন আবার দেখা যাবে!

আজ সারাদিনে এই প্রথম রানিমার মুখে প্রশান্তি খেললো! এক লাফে চেয়ার ছেড়ে উঠে পরিবেশকে জড়িয়ে ধরলেন তিনি।

—এ জন্যই না তোকে এত ভালোবাসি পরি! আমি মরলে কথা দিলুম, এ দেশ তোর নামে লিখে দেব।

পরিবেশ একটু মুচকি হাসল, মনে মনে বললো, "যে নিজের রাজ্যেই চুরি করে খায়, সে দেবে আমাকে দেশ!"

সতর্কীকরণ: এই গল্প প্রাচীন রূপকথা-আশ্রিত। যদি কেউ এর মধ্যে বাস্তবতার মিল খুঁজতে যান, তিনি বিকারগ্রস্ত বলে ধরে নেওয়া হবে। ওম শান্তি।

এখানে দেবতা একা

এখন মনে হয়, কাজটা না করলেই হত! কাঁচা বয়সের ভুলে সারা জীবনের শাস্তি। সাজার কাল শেষ হলেও ইতিহাসে লেখা থাকবে এই অপরাধসমগ্র। আর ব্রহ্মাও এমন শাপ দিলেন, নিজের পিতৃদত্ত নামটা-ও খুইয়ে ফেলতে হল নিমেষেই। আজকাল তাকে সকলে একলা দেবতা বলেই চেনে। আসলে নামটা দেবতা, বোঝার সুবিধের জন্য অন্যান্যরা তার নামের সঙ্গে তার অবস্থানটাও জুড়ে দিয়েছে।

স্বর্গের পাঠশালায় সেদিন ব্রহ্মা এসেছেন স্পেশাল ক্লাস নিতে। ছাত্রদের একটা নীতি বিষয়ক প্রশ্নের উত্তর লিখতে দিয়ে তিনি সবে একটু ঝিমিয়েছেন, ওমনি তাঁর দাড়িতে কাঁকড়াবিছে ছেড়ে দিয়েছিল একলা দেবতা। যদিও সে একা এ-কাজ করেনি, তবে শাস্তি কেবল তাকেই পেতে হয়েছে। মর্তে সাড়ে পাঁচশো বছরের নিভৃত বাস। তিথি-নক্ষত্র, স্থানের ল্যাটিটিউড-লংগিটিউড মেপে, জনমানবশূন্য এক গ্রাম্য ময়দানে যখন নারদ নামিয়ে দিয়ে গেল, একলার কান্না পেয়ে গিয়েছিল। সাতাশ বিঘা ফসলের মাঝখানে চার হাত জায়গায় তার মন্দির। মন্দির বলতে খোলা আকাশের নীচে পনেরো কিলো ওজনের একখানা পাথর। একে মর্তের মন্দির বানাতে হবে তাকেই। কাউকে স্বপ্ন দেখাতে হবে। আবার

যাকে তাকে দেখালেও হবে না, লক্ষণ থাকা চাই। গ্রামের মান্য কাউকে না দেখালে মন্দিরের বদলে ঘাড় ধাক্কা খেতে হতে পারে!

শেষে, পঁয়ত্রিশ দিনের কান্না থামিয়ে কাজে লেগে পড়ল সে। প্রথম কাজ গ্রামটা খুঁজে বের করা। যতদিন না মন্দির হচ্ছে তার খাওয়াও বন্ধ। ভক্তের প্রসাদ না চড়লে অভিশপ্ত দেবতার খাওয়া নেই যে! সেই প্রথম তার নেবুতলা গ্রামে ঢোকা। মোট সাতাশ ঘর নিয়ে একটা গ্রাম। গ্রামের অবস্থা খারাপ। বছর দুয়েক আগে মুঘলেরা লুটেছে গাঁ। জমিদারও নিঃস্ব। জমিতে চাষ হয় বটে, তাও গেল বছর খরায় শুকিয়েছে। একলার একটু কষ্টই হল। তার সে ক্ষমতা থাকলে এক আশীর্বাদেই এ-গ্রাম সুজলা-সুফলা করে দিত। কিন্তু সে গুড়ে বালি। তার কাজ কেবল দেখা এবং মানুষের সমস্ত অভাব-অভিযোগ নোট করে স্বর্গের স্যাংশন ডিপার্টমেন্টে পাঠানো। তারপর যার নামে যা অ্যালটমেন্ট আসবে, তা তাকে দিয়ে দেওয়া। অনেকটা ওই আফিসের কেরানির মতন। ইচ্ছে থাকলেও উপায় নেই। প্রথম প্রথম তার রাগ হত। আজকাল আর হয় না। তার বিশ্বাস জন্মেছে, ওপরের দপ্তর একটু ধীর গতিতে কাজ করলেও কাজটা করেই ফেলে। প্রতি দশ জনে অন্তত চারজন কিছু না কিছু পেয়েই যান। বাকিদের জন্যও আসে, সে হেঁয়ালি, মানে না খুঁজে পেলে ফক্কা।

সেবার গ্রামের নিঃস্ব জমিদারকে স্বপ্নে মন্দির করার নির্দেশ দিয়ে একলা বেশ চিন্তায় ছিল। আদৌ কিছু হবে কিনা। যদিও আশঙ্কা সত্যি হয়নি। জমিদার একটা মন্দির করে দিয়েছিল। ইট, চুন, বালি, সুড়কির সামান্য মন্দির। তারপর জমিদার যা চেয়েছিল সর্বোত্তমের কাছে, পেয়েছিল তার বহুগুণ। আজ সাড়ে চারশো বছর পরেও তাদের বংশের লোকেরাই এই অঞ্চল চালায়। জমিদারি নেই। তবে সরকারের হয়ে কাজ করে। এদের নতুন নাম হয়েছে মন্ত্রী।

একলা এখনো সেই ভাঙা মন্দিরেই বাসা বানিয়ে বসে আছে। মন্দির সয়েছে অনেক। একবার বন্যার জলে ডুবে গেল গ্রাম, খেত,

মন্দিরটাও। একলার জলে থাকতে সমস্যা হয় না। কেবল ঠান্ডা লেগে যাওয়ার ভয়ে সে পাশের এক বুড়ো অশ্বত্থের মগডালে উঠে সংসার বাঁধল। সকালটা ভালোই কাটল। রাতে দেখল আরেক সংসার তার সঙ্গী। এক অপদেবতার সংসার। একলাকে পেয়ে তারা প্রথমে ভয় দেখাল, পরে তার পরিচয় জেনে পায়ে আছড়ে পড়ল।

—বাবা, এবার তুমিই রক্ষা করো। একশো বছর হয়ে গেল, এখনো মুক্তি পেলুম না! একটা দরখাস্ত দিয়ে দাও বাবা!

একলা অবাক হয়। এতদিনের শাস্তি কেন?

—কী করেছিলে তোমরা?

—সে এক লম্বা গল্প। এক যুগ লেগে যাবে বলতে।

—বলে ফেলো। এখন আমাদের হাতে অনেক সময় আছে। জল নামতে মাসখানেক লাগবে।

অপদেবতা দীর্ঘশ্বাস ছাড়ল। তার বউটি আঁচলের খুঁটে চোখের জল মুছলো। ছেলেপুলেগুলো মুখ নামিয়ে সদ্য শিকার করা একটা তাগড়া সাপের রক্ত ভাগাভাগি করে চুষতে লাগল।

—সেবার গ্রামের বাইরে বেশ কয়েকদিন ধরে কিছু অচেনা লোককে আনাগোনা করতে দেখে পুরো গাঁ সতর্ক হয়ে নিজেদের ধন-সম্পদ এক গোপন জায়গায় পুঁটলি করে পুঁতে রাখল। আমিই মাটি কেটে দিয়েছিলুম এক বস্তা চালের বিনিময়ে। সেদিন সেনদের গরু চরাতে গিয়েছি। সেনেরা আমাদের গাঁয়ের মাতব্বর।

সেনদের একলা চেনে। গুণ মিলিয়ে এদেরই এক বংশধরকে স্বপ্ন দিয়েছিলো সে। এরাই মন্দির গড়েছিলো নেবুতলা'র এই জনহীন প্রান্তরে। আজও গ্রামের মানুষ এই মন্দিরটিকে সেনদের মন্দির বলেই চেনে। অপদেবতা বলে চলল,

—এককালে আমার ঠাকুরদার ঋণ ছিল ওদের কাছে, তাই আমি তাদের বিনে পয়সায় খেটে দেওয়ার লোক। চরাতে চরাতে সেদিন এই মাঠ ছাড়িয়ে আরও পশ্চিমে চলে এসেছি। খানিক দূরে একটা তাঁবু দেখে ওদিকে এগিয়ে গেলুম। কোনো সাধুবাবার

তাঁবু নাকি! বাইরে যজ্ঞের আগুন নিভেছে সকালেই। গিয়ে দেখি দু-জন বিশাল চেহারার অন্যদেশের মানুষ বিশ্রাম নিচ্ছেন। প্রণাম করলাম। জানতে চাইলাম তাঁরা কারা? বললেন দূর দেশের সাধক। এই গ্রামের ভালোর জন্য এয়েচেন। এই গ্রামে এক দুষ্ট আত্মা জমিয়ে বসেছে। আর তাকে আশ্রয় দিয়েছে সেনমশাই। কথাটা একদম অবিশ্বাস করতে পারলাম না। বেশ কিছুদিন ধরেই গাঁ থেকে গরু, ছাগল চুরি হচ্ছিল। আমার নিজেরও দুটো মুরগি হাপিস হয়েছে। ভেবেছিলাম শেয়ালে নিয়ে গেছে। কেউ কেউ বলেছিল রাতে বাঘের মতো এক জন্তুকে দেখেছে। রাতে তাই সব্বাই সাবধান থাকে। কিন্তু সাধুদের কথা শুনে বেশ চিন্তায় পড়লাম। এমনিতেই সেনদের ওপর আমার রাগ ছিল। তারপর যখন শুনলাম তারা এক শয়তান পুষছে আমাদের শেষ করবার জন্য, মাথায় আগুন জ্বলে উঠল। আমি এর প্রতিকার জানতে চাইলাম। সাধুরা বললেন তাঁরা আগামী অমাবস্যার রাতে যাবেন সেনদের বাড়িতে। আমাকে দায়িত্ব দেওয়া হল তাঁদের পথ চিনিয়ে নিয়ে যাওয়ার। আর বললেন, গ্রাম শয়তানমুক্ত করে সেনদের জায়গায় আমাকে গাঁয়ের মুরুব্বি বানিয়ে দেবেন তাঁরা। লোভ, দেবতা ঠাকুর, লোভ... এতকালের অন্যায়ের বদলার লোভ। রাজি হয়ে গেলুম। আমিও তাঁদের কথা দিলুম গাঁয়ে তাঁদের পায়ের ধুলো পড়লে আমি তাঁদের অনেক উপঢৌকন দেবো। সেদিনের মতো একটা নধর বাছুর উপহার দিয়ে চলে এলুম ঘরে।

অপদেবতা একটু দম নিলো। এদিকে পায়ের নীচের জল আরও বেড়েছে। রাতে যে বাতাসের শব্দ ভেসে আসে আজ তা নেই, বদলে জলের স্রোতের একটানা গর্জন। অপদেবতা আবারও বলতে শুরু করলো,

—সেনের গোয়ালে গরু ঢোকাতে গিয়ে নায়েবমশাই ধরে ফেললেন একটা বাছুর কম। আমিও মিথ্যে বললুম, অনেক খুঁজেছি, খুঁজে পাইনি। আমাদের পাওনার খাতায় এই ক্ষতিটুকুও তুলে রাখলেন তিনি। দেখতে দেখতে অমাবস্যা চলে এলো। সেই

দিন আমি রাত হওয়ার আগেই এসে লুকিয়ে রইলাম আপনার মন্দিরের পিছনে। রাত ঘনিয়ে এলেই চললুম সাধুদের তাঁবুর দিকে। গিয়ে দেখি তাঁবু গুটিয়ে রেখেছেন সাধুরা। কোথা থেকে একটা গাধা জোগাড় করে তার পিঠে সব জিনিসপত্র বাঁধছেন। আমিও এগিয়ে গিয়ে হাত লাগালুম। বাঁধাছাঁদা হয়ে গেলে রওনা হলুম সেনবাড়ির দিকে। রাস্তাতেই তাঁরা বললেন, আগে চলো যেখানে সব সম্পদ লোকানো আছে। শয়তান শেষ করেই আমাদের এগোতে হবে উত্তরে। ডাক এসেছে পরমগুরুর। আমিও তাঁর উদ্দেশে প্রণাম জানিয়ে তাঁদের নিয়ে চললুম ডুমুরতলার পুকুরের পাশে। এবারও মাটি আমিই খুঁড়লাম। সাধুরা বস্তায় ভরে নিলেন গ্রামের লুকোনো সম্পদ। তারপর সেনদের বাড়ির দিকে যাওয়ার পালা। শেষতম বস্তাটা গাধাটার পিঠে বাঁধতে যাব, হঠাৎ সে ব্যাটা চেঁচিয়ে উঠল। দূরে কয়েকজন রাত পাহারাদার সেই চিৎকার শুনতে পেয়ে চলে এলো। ধরে ফেললো আমারে।

একটা লম্বা বিরতি নিলো অপদেবতা। তার বউ কেঁদে ওঠে বহুদিনের ভুলতে না পারা আতঙ্কে। নিজে দেবতা হওয়া সত্ত্বেও এই নিশ্ছিদ্র অন্ধকারে একলার বুকও কেঁপে ওঠে। কান্না থামাতে একলা বলল, "তারপর? শুধু তোমাকে কেন, সাধুরা কোথায় গেল?" অপদেবতা অনন্ত অন্ধকারের দিকে তাকিয়ে বলল—

—ওদের ধরতে পারেনি। অসুরের শক্তিতে ওরা ওই পাহারাদারদের ঠেলে ফেলে দিয়ে দিলো ছুট। আমি পারলাম না। আমি কি আর ওদের সাথে পারি! দু-বেলা খাওয়া না জোটা শরীরে কত লড়া যায়! সেনদের বাড়ির গোয়ালে বেঁধে রাখল বাকি রাতটুকু। সকালে আমার বউ, ছেলেপুলেগুলোকেও নিয়ে এলো। সেনমশাই শাস্তির বিধান দিলো, ডুমুরতলার পুকুরে আমাদের বাঁধা অবস্থাতেই ফেলে দিতে। কত্ত বললুম, আমারে শাস্তি দেন, আমার ছেলেপুলেগুলোকে ছেড়ে দেন। কে শোনে কার কথা! সকলে মিলে বিশাল মিছিল করে, বাজা বাজিয়ে ফেলে এলো পুকুরে। জলে জ্ঞান ছিল মাত্র মিনিট খানেক। তারপর জ্ঞান হয়েই

দেখলুম আমি এই গাছে বসে আছি। একে একে ওরাও এলো। সেই থেকে এখানেই আছি। বড্ড কষ্ট ঠাকুর! এবার কিছু একটা করেন বাবা...

জল কমলেই ওপরের দপ্তরে দরখাস্ত পাঠাব বলে রেহাই পেল একলা। তবে সেই প্রশস্তিতেই বন্যার বাকি দিনগুলোতে একলার খাওয়া-পরার অভাব হল না। না হলে এতগুলো দিন উপোস করেই কাটাতে হত তাকে।

২

যত্ত ঝামেলা ওই মন্দিরটাকে নিয়েই। এই চার-হাত মন্দিরের জন্য পুরো সাতাশ বিঘা জমি হাতছাড়া হয়ে যাবে! আর এই জমিটা না পাওয়া গেলে কোম্পানির এত বড়ো প্রজেক্ট চলে যাবে অন্য কোনো রাজ্যে। এত বড়ো একটা ডিল হাতছাড়া করতে পারবে না সীমান্ত। এই জমি সেনদের। তথাগত সেনের সঙ্গে ডিল হয়ে গেছে সীমান্ত-র। মন্দিরটার বয়স কম করে চারশো বছর তো হবেই। ফাঁকা মাঠের মাঝখানে পোড়ো বাড়ির মতো দাঁড়িয়ে আছে। জাগ্রত মন্দির বলে খ্যাতি আছে আশেপাশের দশ গ্রামে। তবু শিবরাত্রির দিনই মন্দিরটা যা একটু পরিষ্কার হয়, লোকজনের ভিড়ও চোখে পড়ে। না হলে বাকি বছর সেনদের মাইনে করা পুরোহিত প্রতিদিন এসে জল, নকুলদানা দিয়ে যায়। বেশ কয়েক বছর হয়ে গেল মন্দিরের জন্য গ্রামে একটা কমিটি হয়েছে। মন্দিরের রক্ষণাবেক্ষণের দায়িত্বও তাদেরই। সেনরা কেবল কিছু টাকা দিয়েই খালাস। বিশাল বংশের মধ্যে খাওয়া-খাওয়ি লেগেছে অনেককাল হল। তারা চাইছে এইসব জমিজায়গা বেচে টাকা ভাগাভাগি করে ল্যাঠা চোকাতে। কিন্তু বাধ সাধছে মন্দির কমিটির কিছু লোক। এই লোকগুলো চাযাভুযো, লোভ তেমন নেই। শান্তি আর বিশ্বাসেই দিন চলে এদের। ফলে কিছু টাকা দিয়ে

যে ব্যাপারটা রফা করবে সেটা হচ্ছে না। অন্যদিকে রস মাটিতে পড়বে আর পিঁপড়ে এসে জুটবে না সে হয়! খবর রাষ্ট্র হওয়া মাত্র কিছু বিরোধী রাজনৈতিক দল এসে জুটেছে। সঙ্গে কিছু পরিবেশবোদ্ধাও। সারা নেবুতলা গ্রামজুড়ে তারা জমি বাঁচাও, মন্দির বাঁচাও আন্দোলনের পোস্টার লাগিয়েছে। কেউ কেউ তো আবার মন্দিরটাকে হেরিটেজ তকমা দেওয়ার দাবিও জানিয়েছে। সীমান্ত হাসে, মন্দিরের কোনো ছিরিছাঁদ নেই, কেবল বয়সটা একটু বেশি বলেই হেরিটেজ! যেন ছেলের হাতের নাড়ু! অন্য সময় হলে লেঠিয়ে সবকটাকে ঠিক করে দিত। এখন সেটা সম্ভব নয়। সকলেই ক্যামেরায় ঘেরা থাকে আজকাল। কে কোত্থেকে টুক করে ভিডিও করে সোশ্যাল মিডিয়ায় ছেড়ে দেবে, কেস খেয়ে যাবে সীমান্ত। আসছে বছর আবার পঞ্চায়েত নির্বাচন। লিড না রাখতে পারলে গ্রামে তার ভয় থাকবে না। আর ভয় না থাকলে রাজ্যপাটও ভোগে! ফলে তারা দল করে লোককে বোঝাচ্ছে জমিতে কারখানা, আবাসন ইত্যাদি হলে গ্রাম আর গ্রাম থাকবে না। শহর হয়ে যাবে। তখন লাভ আসলে গ্রামের মানুষেরই। কত রকম কাজ থাকবে সেখানে... তারাও ব্যানার লাগিয়েছে বড়ো বড়ো হোর্ডিং করে।

ইন্টারনেট থেকে মুম্বাই, গুরুগ্রাম, গুজরাটের ঝাঁ-চকচকে ছবি ডাউনলোড করে তাতে স্বপ্ন লিখেছে। তাতেও চিঁড়ে ভেজেনি তেমন। গ্রামের লোকদের জিনে কে যে ঢুকিয়ে দিয়েছে জমির থেকে বড়ো সম্পদ আর কিছু নেই! তার ওপর তাদের বিশ্বাস গ্রামের রক্ষাকর্তা নাকি এই সাতাশ বিঘে জমির মাঝখানে দাঁড়িয়ে-থাকা মন্দিরটা। তারা জমি দিলেও মন্দির ভাঙতে দেবে না। এতে নাকি গ্রামেরই ক্ষতি হবে। কয়েকশো বছর আগের বন্যায় এই মন্দিরই তাদের বাঁচিয়েছিল! যে বন্যা তাদের বাবারাও দেখেনি, সেই মিথ আজও বয়ে নিয়ে চলেছে একটা গ্রাম। সীমান্ত এগুলোকে ন্যাকামি বলে। কিন্তু প্রকাশ্যে কথা দেয় মন্দির অন্য কোথাও তুলে নিয়ে যাওয়া হবে, গ্রামের মধ্যেই। নতুন একটা

মন্দির বানাতে কী আর সমস্যা! কোথাও একটা বানিয়ে দিলেই হল! পাথরে সিঁদুর, সামনে ধূপ জ্বললেই দেবতা জাগ্রত হয়ে ওঠেন যে-কোনো জায়গায়। ওদিকে সেনরা জমির কাগজ নিয়ে বসে আছে। টাকা হাতে পেলেই সই করে দেবে। সেনদের ভাঙা বংশের কেউ-ই আর এই গ্রামে থাকে না। এলাকার এমএলএ তথাগত সেন ছাড়া সকলেই বাইরে, গ্রামের সঙ্গে সম্পর্কও নেই। একজন কলকাতায় সেটেলড, একজন ব্যাঙ্গালুরু, কেউ একজন আমেরিকাতে থাকে শুনেছে সীমান্ত। তথাগতও কেবলমাত্র ভোটের আগে এসে বাড়িটায় থেকে গ্রামের মানুষ হয়ে ওঠে। সে নিজেও এই বাড়ি-জমি বেচে দিতে পারলে বাঁচে। সেনবংশের সকলে তথাগতকেই পাওয়ার অফ অ্যাটর্নি করে দিয়েছে। সে টাকা পেলেই সকলকে তাদের ভাগ বুঝিয়ে দিয়ে জমির কাগজ তুলে দেবে শিল্পপতিদের হাতে। আর সেই যদি জমি না দিতে পারে একটা সামান্য মন্দিরের জন্য, তাহলে মুখ থাকে কোথায়? জমির দাম উঠেছে সাতান্ন কোটি টাকা। তথাগত সীমান্তকে দু-শতাংশ কমিশন দেবে কথা দিয়েছে। আর, সামনের পঞ্চায়েত ভোটে প্রধানের পদ। কিন্তু মন্দির ফাঁকা চাই তথাগতর। পার্টির অনেকেই একসময় চেষ্টা করেছে, তথাগত তাদের সরিয়েছে চালের থেকে পোকা বাছার মতো করে। সে জানে এ-কাজ সীমান্ত ছাড়া আর কেউ করতে পারবে না। জমিদারি রক্ত বইছে তথাগতের শরীরে। কোন কাজ কাকে দিয়ে হয়, সে জানে। শোনা যায় সীমান্তদের পরিবার একসময় তাদেরই লেঠেল ছিল। ফলে সঠিক কাজ সঠিক লোকের হাতে দেওয়া হয়েছে। এত সব হিসেবের মাঝখানে সীমান্ত বেশ নিরাপদ। তাকে পার্টির অন্যান্য দাদাদের সঙ্গে লড়তে হয়নি, তার ভাগের থেকে কাউকে কিছু খাওয়াতেও হবে না, এমনকী পার্টিকেও না। উলটে সামনেরবার ভোটের টিকিট। সেটা না পেলে আজকাল শ্বাসকষ্ট নিয়ে দল পালটাতে কয়েক ঘণ্টা লাগে।

সাতাশ বিঘা জমি নিয়ে গ্রামের মানুষের মাথাব্যথা নেই।

দাম যতই উঠুক, তাদের কী! বেশিরভাগেরই জমি নেই। যাদের আছে তা অল্পই। জমি দিলে টাকা পাবে সামান্য। তাও জমি চষলে তাদের দিন চলে। সে না হয় কলকারখানায় কাজ করলেও দুটো টাকা পাবে। কিন্তু এই জাগ্রত দেবতা, তাকে সরালে অমঙ্গল নিশ্চিত। গ্রামে বিয়ে হোক বা গৃহপ্রবেশ, মন্দিরে গিয়ে মাথা না ঠেকালে সে-কাজ ভণ্ডুল হবেই। তখন গ্রামে যতই বড়ো বড়ো কোম্পানি আসুক না কেন, সব ছারখার হয়ে যাবে! কেউ কেউ আবার বলছে চাষের জমি গেলেও গ্রাম ছারখার হবে। তারা বলে জমিতে এক বছর শুখা লাগলে পরে হওয়ার চান্স থাকে, কিন্তু কলে তালা পড়লে সে আর খুলবে না। সে কথাও ফেলনা নয়। আর চাষের জমি থেকে তখন কারখানা তুলে নিলেও সে মাটিতে ধান ফলবে না। গ্রামের পড়াশুনা জানা লোকরা বাকি গ্রামকে বোঝায় নানান পেপারের কাটিং দেখিয়ে। কিন্তু তাদের বুঝিয়ে কী লাভ? এ-গ্রামের বেশিরভাগ জমিই সেনদের। তারা চাষ করায় ভাড়ায়। তারাই নাকি জমি দিয়ে দিতে চায়। বাকি যা সামান্য গ্রামের লোকের জমি আছে তাকে আটকে কি আর গ্রাম, গ্রামের মন্দির বাঁচানো যাবে, আজকাল চায়ের আড্ডায় এ-কথাতেই সারাদিন তর্ক চলে। এ-তর্কের শুরু আর শেষ একই। জমি রাখা যাবে কিনা, আর মন্দিরটা গেলে এ-গ্রাম শ্মশান হয়ে যাবে! কে যেন আজ চায়ের দোকানে এসে খবর দিলো, পাশের গ্রাম তাদের জমি দেবে না। ওদের মোট দশ বিঘা জমি। তবে এ-গ্রামের সঙ্গে ও-গ্রামের সম্পর্ক তেমন জুতের না। নেবুতলা হিন্দু গ্রাম, ইকবালপল্লী মুসলমানদের। এককালে খুব লাঠালাঠি হয়েছে। দেশভাগের সময়েও চারটে ঘর পুড়েছিল মুসলিমদের, তিনজন হিন্দুর লাশ পাওয়া গিয়েছিল নেবুতলার সীমানায়। সেসব দিন ফুরোলেও স্মৃতি মুছতে দেয় না কেউ কেউ। রাতে ইকবালপল্লী পার হতে হলে বাড়ির লোক চিন্তায় থাকে। ওদেরও ভয় থাকে নেবুতলা পেরোতে। দু-গ্রামের কলেজ একটা হলেও সেটা নেবুতলার কাছাকাছি হওয়ায় ইকবালপল্লীর ছেলে-মেয়েরা

কলেজে ভর্তি হতে হলে হয় জেলায় যায়, না হলে কলকাতায়। কিন্তু ওরা জমি দেবে না শোনায় আজকের আড্ডা বেশ সাবধানী হয়ে উঠল। যারা এতদিন সওয়াল করছিল যে ওরাই আগে জমি দেবে, তারা এবার এর পেছনে চক্রান্ত খুঁজতে শুরু করেছে। কিন্তু যাদের মনে দ্বিধা ছিল দেবে কি দেবে না, তারা এবার ভাবতে শুরু করল সামান্য হলেও তো নিজের জমি। তা দেওয়া ঠিক হবে না। হরিনাথ কীর্তনিয়া তো বলেই ফেলল, এবার যদি আমরা জমি দেই, ভগবান আমাদেরই আগে মারবে!

৩

সীমান্ত-র টেবিলে বিডিও অফিসে দেওয়া ইকবালপল্লীর চিঠিটা ফ্যানের হাওয়ায় ফতফত করছে। এখনো কাগজটা উড়ে যায়নি, কারণ সীমান্ত-র আরেকটা ফোন ওতে চাপা দেওয়া। অন্য ফোনে তথাগত কলকাতা থেকে কথা বলছে।

—তাহলে কী করবে সীমান্ত?

—দাদা, মাথা কাজ করছে না। তুমি একটা উপায় বলে দাও, দাদা!

—শালা কমিশন খাবে তুমি, পার্টির অন্য লোককে সরিয়ে ভোটে দাঁড়াবে তুমি, আর বুদ্ধি দেব আমি?

সীমান্ত চুপ করে থাকে। সরকার, পার্টি সকলের ভাবমূর্তির চাপ এখন তার কাঁধে। পার্টির দেওয়া একমাসের সময়ও শেষ হতে চলেছে। নিজের গ্যাঁটের খরচে লাগানো ব্যানারগুলো গেল সপ্তাহের ঝড়ে ছিঁড়ে পর্দাফাই হয়েছে। তবুও মাত্র জনা শয়েক গ্রামের মানুষকে বোঝাতে পারেনি সীমান্ত। তার মধ্যে যে গ্রামকে সে তার হিসেবের বাইরে রেখেছিল, তারাই পেছন থেকে বাঁশটা দিয়ে গেল। এবার যদি এতকালের দ্বন্দ্ব ভুলে দুই গ্রাম এক হয়ে যায়, তাহলে তো সোনায় সোহাগা! কিছু একটা করতেই হবে।

গ্রামের বিভেদ কায়েম না রাখতে পারলে এত বড়ো প্রজেক্ট পকেটে ঢুকতে ঢুকতে বেরিয়ে যাবে! তথাগতও খেপে লাল। এতগুলো টাকার ব্যাপার! চার ভাগ হলেও প্রতি ভাগের পরিমাণ তো আর কম নয়! ছেলেকে পড়াবার জন্য কানাডা পাঠাবে বলে ঠিক করেছে। সেখানেই ছেলের জন্য একটা ইন্ডিয়ান রেস্তোরাঁ খোলার পরিকল্পনা আছে তার।

—শোন সীমান্ত, এবার আর ওই রাজনীতির নীতি দিয়ে হবে না। আমাদের বাপ-ঠাকুরদার পথ নিতে হবে বুঝলি! মন দিয়ে শোন কথাটা...

নেবুতলায় কী চলছে তার একটুও আঁচ পায়নি একলা। সে ক্ষমতা তাকে দেওয়াও হয়নি। কেউ এসে কিছু না বললে সে জানতে পারে না তার থেকে দশ হাত দূরে কী হচ্ছে। বুঝল সেদিন যেদিন রাতে তার বিছানার ওপর শাবলের বাড়ি পড়ল। কারা যেন তাকে স্থানচ্যুত করতে চায়! ধড়ফড় করে উঠে বসে একলা। ব্রহ্মা আবার নতুন কোনো শাস্তির বিধান দিয়েছেন নাকি? না, তা তো সম্ভব নয়। কারণ, শাস্তি হলে তার কাছে চিঠি আসত। ওখানে কাউকে না জানিয়ে কোনো শাস্তির বিধান নেই। ঘুম চোখ কচলে দেখে, বট গাছের অপদেবতাও এসে দাঁড়িয়েছে দরজার বাইরে। সে হাত তুলে একলাকে ডাকলো।

—এদিকে চলে আসুন, ঠাকুর!

একলা বাধ্য ছেলের মতন অপদেবতার পাশে গিয়ে দাঁড়ালো।

—চলেন ঠাকুর, গাছে গিয়ে বসবেন চলেন। এনারা এয়েছেন আপনারে স্থানচ্যুত করতে। আপনি আটকাতে পারবেন না।

মুখ ঘুরিয়ে একলা দেখলো, চারজন ইয়া চেহারার লোক শাবল হাতে একের পর এক কোপ মেরে চলেছে শিব লিঙ্গের মতো পাথরটার চারধারে। একলার অধিষ্ঠান ওখানেই। লোকগুলোকে একলা চিনতে পারে না। মুখ গামছায় ঢাকা। তারা নিজেদের মধ্যে

কোনো কথাও বলে না। কীসের যেন তাড়া তাদের! অপদেবতা তাকে টানে, “চলেন ঠাকুর। গাছে বসবেন চলেন।”

—এরা কী করতে এসেছে জানো? এরা কারা?

অপদেবতা তার দিকে অবাক হয়ে তাকায়। “সে তো আপনার জানার কথা ঠাকুর। আপনি না দেবতা! আমি তো সেটাই দেখতে এলেম, আপনি এদের আটকাতে পারলেন না?” একলা লজ্জা পেল। তার শাস্তির কথা সে জানায়নি ওদের। আসলে ওরা জানতেও চায়নি, ফলে মিথ্যাচারও যে হয়েছে তাও নয়। কিন্তু এবার বলতেই হবে। না হলে এবার মিথ্যাচারই হবে। “সে ক্ষমতা আমার নেই ভাই। ব্রহ্মা কেড়ে নিয়েছেন।” অপদেবতা বটগাছের দিকে যেতে গিয়ে থমকে দাঁড়ায়। “ওমা, আপনারও শাস্তি চলছে নাকি?” একলা নীরবে মাথা নাড়িয়ে হ্যাঁ বলে। গাছের ডালে পা ঝুলিয়ে বসে ওরা দু-জনে। অপদেবতা দূরে অন্ধকারের দিকে তাকিয়ে একলাকে বলে,

—এতদিন ধরে যে আপনারে উৎখাতের ব্যবস্থা করা হচ্ছে সে খবরটুকুও পাননি?

—পেলে কি আর চুপ করে বসে থাকতুম আমি? এই বাসাটুকু গেলে আরও দেড়শো বছর থাকব কোথায়? আমার যে আর ঘরে ফেরাই হবে না!

বড়ো দীর্ঘশ্বাস পড়ে একলার। কিন্তু তাকে উৎখাত করা হবে কেন? কীভাবেই বা এ-কথা সে জানবে? অন্ধকারেই অপদেবতার দিকে তাকায়। অপদেবতা অন্ধকারের দিকে তাকিয়েই আবার বলতে শুরু করে,

—এ-জমি যে সেনদের তা তো সেবার বললুম। এখন এই জমি তারা বেচে দেবে। গত পরশু আরেকটা ইতর মরে আমাদের গাছে এসেচে। সে-ই বলল সব গপ্প। এই গাঁ আর গাঁ থাকবে না। শহর না কী যেন হবে! গেরামের লোকে তা মেনে নেবে না। শহর হলে আপনার মন্দিরটাও যাবে। ওদেরও যেটুকু জমি আছে সেটাও যাবে। কিন্তু কুলাঙ্গার সেনদের ওই বংশধর মানবে কেন?

এ-গাঁয়ের প্রায় জমিই তাদের। গেরামের লোকজন একজোটে মন্দির ভাঙতে দেবে না পণ করেছিল। এবার গোল বাঁধালে পাশের গাঁয়ের লোকগুলো। সেগুলো ভিন ধম্মের। ওরা সক্কলে মিলে লিখে দিয়েচে যে জমি তারা দেবে না।

একলা অবাক হয়ে তাকায়। পাশের গ্রাম তো তার কভারের মধ্যে পড়ে না। তবু তারা তার জন্য লড়ে কেন? জিজ্ঞেস করে, "ওরা কারা?"

—ওদের নাম নিতে নেই আপনার সামনে! আমার পাপ বাড়বে। সেনের ব্যাটা এবার পড়ছে মহা ফাঁপরে। কিন্তু গায়ে যে সেই জমিদারের রক্ত। সাথে পেয়েছে আবার ওদের পুরোনো লেঠেলের বংশধররে। নাম সীমান্ত। ব্যাটার ঠাকুরদার বাবারে আমি চিনতাম। নাম ছিল শ্রীমন্ত। হেব্বি বদ। জমিদারের জন্য জমি খালি করানো থেকে, গেরামের ভদ্র মেয়েমানুষ তুলে আনত এক তুড়িতে। তার বংশের কুলাঙ্গার সীমান্ত এবার এক সাথে নেমেচে গেরাম খালি করাতে। অনেক টেকার ব্যাপার নাকি! ওরা শলা করে আজ রাতে আপনার মন্দিরখানা উৎখাত করে দোষ চাপাবে পাশের গাঁয়ের ওপর। কাল রাইতে আবার ওই গাঁয়ে আগুন লাগাবার মতলব আছে। পরাণের ভয়ে জমি ছেড়ে পালালে, সব জমিই সেন আর ওই শ্রীমন্তের নাতির ঘরের পুতির। আমি ভাবছিলাম আপনি সব জানেন। আপনিই সব ঠিক করে দেবেন। নিজের মন্দিরখানা অন্তত নিজেই বাঁচিয়ে দেবেন...

একলা মাথা নীচু করে বসে থাকে। মন্দিরের ভেতরের পাথরখানা তোলা কমপ্লিট। একটা বড়ো চাদরে মুড়িয়ে চারজনে টেনে নিয়ে চলেছে নদীর দিকে। একলাকেও এবার যেতে হবে। এ-পাথর যেখানে যাবে ওকেও যেতে হবে সঙ্গে। পাথরের সঙ্গে তার অদৃশ্য শেকল বাঁধা আছে। নদীর দিকে এগোতে এগোতে সে ভাবে, আর কোনোদিন সে তার ঘরে ফিরতে পারবে না। নারদের সার্চ পার্টি খুঁজেই পাবে না তাকে। তার শাস্তিও যে এই মেপে দেওয়া জায়গা থেকেই সম্পূর্ণ করতে হত!

পাথরটা গড়িয়ে নেমে যাচ্ছে নদীর গভীরে। একলাও নামে জলে, গভীর নদীর বুক, তেমনই অন্ধকার। এই ঠিকানা থেকে আর সে ওপরের ঠিকানায় চিঠি লিখতে পারবে না। ডেলিভারি-ই যে হবে না! নদীর মাছ, জলের পোকারা এসে আলাপ করে যায় একলার সাথে। দেবতার নাম আর তাকে মানায় না। এখানে সে সত্যি সত্যিই একা। জলেই সে ঘর বেঁধেছে। ঠান্ডা লাগলে উঠে আসে নদীর ওপর, পুরোনো মন্দিরের দিকে তাকায়। মন্দিরটা আর নেই। ভেঙে দিয়েছে ওরা। সেই জমি পেরিয়ে তাকালে নাম-না-জানা সেই ভিন ধর্মের গ্রাম। রাতের অন্ধকারে কেবল ওখানেই লকলকে আগুন দেখতে পায়।

পোড়া গন্ধ

উফ্! আবার সেই গন্ধ! দশ বাই দশের ঘরটা ভরে আছে গন্ধে। মাথার বালিশ, বিছানার চাদর, মশারি, দরজা-জানলার পর্দাও যেন সেই গন্ধটা শুষে নিয়েছে। অন্ধকারে সময় ঠাহর করা যায় না। মোবাইলটা দূরের টেবিলে, চার্জে। ঘুমের বালাপোশ সরিয়ে মোবাইল আনতে শরীর চাইছে না। কিন্তু ঘুমের এই ভারী পোশাক তুলে গন্ধটা ঠিক ঢুকে পড়েছে। খুব ঠান্ডায় যেমন কম্বলের ফাঁক গলে কনকনে হাওয়া ঢুকে আসে, তেমনভাবেই গন্ধটা গভীর ঘুমকে ঠেলে তুলে সজাগ করতে চায়। শুধু গন্ধ হলেও হত! গন্ধটা ধোঁয়ার মতন। চোখ জ্বালা করে। মনে হয় সারা ঘর ভরে আছে ধোঁয়ায়, যার গন্ধ এমন! তবে এই ধোঁয়ায় শ্বাস আটকে আসে না। অস্বস্তি হয়। অথচ আলো জ্বাললে দেখা যাবে কোথাও কোনো ধোঁয়া নেই। মনে করবার চেষ্টা করি জেগে থাকলে সারাদিন এই গন্ধটা পাই?

গরমকালে নিস্তব্ধ রাত বলে কিছু হয় না। ফুল স্পিড সিলিং ফ্যান, নিস্তব্ধতার সাম্রাজ্যে ঘুসপেটিয়া। শীতকাল এলে সেই শব্দহীন রাতে ঘুম আসে না। তরঙ্গ পরিবর্তন হলে এমনই হয়। ক'দিন থেকে গন্ধটাও ঠিক এভাবেই পুরোনো অভ্যাসের মাঝে এসে পড়েছে অতিথির মতন। সারাদিনের পর এমন ঘুমের ব্যাঘাত

কার ভালো লাগে? আর এখন কাউকে ঘুম থেকে তুলে জিজ্ঞেস করাটাও অসভ্যতা, তোমরা কোনো গন্ধ পাচ্ছো? প্রশ্নটা করিনি যে তা নয়। তবে সেসব সকালে। প্রথম যেদিন গন্ধটা পেলাম, তখন খেতে বসেছি। আমাদের খাওয়ার টেবিলটা নড়বড়ে। আশি সালের স্টক। এখনো চালিয়ে যাচ্ছি। ডান দিকের পায়াটা আলগা হয়ে আছে। একবার এক ফ্যানের মিস্ত্রি এটার ওপর দাঁড়িয়ে ফ্যান ঠিক করছিল। হঠাৎ পা ভাঙল টেবিলটার। তারপর কোনোক্রমে সেটা সারিয়ে কাজ চলছে। কিন্তু টেবিলের পা আজও সারেনি। বারেবারে নড়ে উঠে সে প্রলাপ করে, আর ভার নিতে পারি না যে এই ভাঙা শরীরে! কিন্তু সে কথা আমাদের মতো মধ্যবিত্তের কানে ঢোকে না। নড়িতে নড়িতে ভাত আমাদের পেটে চলে যায়। সেদিন মাছ হয়েছিল। আলু, পটল দিয়ে পাতলা রুই মাছ। ঝোল আর ভাত কেবলই এদিক ওদিক করে চলেছে। তার মাঝেই গন্ধটা... ভালো করে শুঁকে দেখলাম, মাছটা পুড়িয়েছে নাকি রান্নার দিদি? না। মাছ একদম হিসেব করে ভাজা। বাড়ির কেউ কড়া-ভাজা মাছ ঝোলে খেতে পারে না। ছোটো মাছ হলে ডালের মুখে কড়া চলতে পারে। কিন্তু আজকের মাছ একদম চার মিনিটের এপিঠ-ওপিঠ সাঁতলে নিয়ে ঝোল। তাহলে কি মাছটাতেই... পেটির মাছটা খানিক খুবলে নিয়ে নাকের সামনে ধরলাম। নাহ্, এতেও গন্ধ নেই। চন্দনাদি থালাতে অল্প ভাত নিয়ে এসে দাঁড়িয়েছে পাশে।

—কী হল?

—মাছটা ভাজার সময় গন্ধ পেয়েছিলে?

—গন্ধ? না তো দাদা? জ্যাঠু তো জ্যান্ত মাছ এনেছে!

—তাহলে?

নিজেই নিজের ওপর সন্দিহান হয়ে পড়লাম। নাকের সমস্যা নাকি? গেল তিন বছরে কোভিডও হয়নি আমার। বা হলেও টের পাইনি। পরে শুনেছি, গুপ্ত কোভিডও নাকি হয়েছে কারও

কারও। আমারও তেমন হতে পারে। তার থেকেই কি? চন্দনাদি এখনও আমার দিকে হাঁ করে তাকিয়ে আছে। আমি একটু আলগা হেসে বললাম, আমারই ভুল। পাশের কোনো বাড়িতে হয়তো পচা মাছ ভাজছে। কথাটা শুনে চন্দনাদিও কুকুরের মতো নাক তুলে শুঁকে, ভাতের থালা নিয়ে চলে গেল। কেন যে থালায় ভাত নিয়ে এসেছিল, গন্ধ বিচারে তাই গেল ভুলে। যদিও আমার ভাত লাগত না। গন্ধে গা গুলিয়ে উঠছিল। বেলায় এই গন্ধ নিয়ে নাকি অনেক কথা হয়েছিল! মায়ের মুখে শুনেছি। চন্দনাদির সাফ কথা, "পচা মাছের গন্দ আমার নাকে ধোঁকা দিতে পারবেনি জ্যেঠি! সেন্টুর বাপ তো রোজই পেট নরম মাছ নিয়ে এসে ওঠে। ও মাছই চেনে না! তা আমি পচা মাছের গন্দ চিনব না তো কে চিনবে?" মা খানিক চোটপাট করেছে বাবার ওপর। সেও নাকি এমন গন্ধ পেয়েছে। যদিও মায়ের সমস্যা হল, যা শুনবে তাই তার কাছে সত্যি! বছর খানেক হল হাতে ব্যথা। সেদিন টিভিতে দেখেছে কোন অভিনেতার নাকি বোনম্যারো ক্যানসার হয়েছে, সঞ্চালক বলেছেন গাঁটে ব্যথা তার অন্যতম উপসর্গ। ব্যস, রাতে খাওয়ার টেবিলে বলে ফেলল, আমারও বোধহয় ক্যানসারই হয়েছে রে তপু! ফলে মায়ের ওপর ভরসা করা যায় না এসবে।

কিন্তু গন্ধটা আমার নাকে লেগেই রইল। ধোঁয়ার মতো ঘিরে রইল আমাকে। এক অশরীরী উপস্থিতি। খাওয়ার টেবিলে এমনই চলল আরও দু-তিন দিন। মজার ব্যাপার এটা কিন্তু রাস্তার দোকানে হচ্ছে না। দুপুরে ম্যাগি খাচ্ছি, বিকেলে চুরমুর। কই কোথাও তো কোনো গন্ধ নেই। অফিসের বিহারি পিওন বেরোনোর আগে হাতে ঘটিগরমের এক খাবলা দিলো, তাতেও কিছু পেলাম না। রাতে খেতে বসে আবার শুঁকে দেখলাম সকালের খাবারগুলোই, পোড়া গন্ধ পেলাম না তো! সকালে কী হল? সেদিন রাতে ঘুমের মধ্যে গন্ধটা পেলাম, তবে হালকা। কিন্তু পরের দিন সকালে খেতে বসে আবার সেই তীব্র গন্ধ। পচা আর পোড়া গন্ধ মিশে এক বিটকেল গন্ধ। চন্দনাদিকে বলাতে আবার সে নাক তুলে শুঁকে

নিলো আশেপাশের বাতাস। "কই কিচ্ছু তো পাই না আমি!" চন্দনাদি আজ আমার দিকে একটু সন্দেহের চোখে তাকালো। সে তাকাক, আজকাল আর কেউ কোভিড নিয়ে ভাবিত নয়। কেউ কেউ তো আবার বলছে, তিন মাসের জন্য একটা লকডাউন হলে ভালোই হয়! সে ভালো হয়, তবে ব্যাপারটা সবেতন হলে... তবে কি চন্দনাদি আমার মাথার বেরাম ভাবছে নাকি! না হলে কেন জানতে চাইল, "তুমি কি রোজ সক্কালেই এই গন্দ পাও নাকি বাপু?" আমি মাথা নেড়ে হ্যাঁ বললাম। এবার বাবাও আমার দিকে তাকালো, চোখে সন্দেহ। আমি চোখ থালায় নামিয়ে নিলাম। আজ চন্দনাদি আমাকে ছেড়ে দিলো না। হয়তো মায়ের কাছ থেকে ধাতানি খাওয়ার ফল! "তা কেমন গন্দটা, একবার বলো দিকি দাদা!" আমি আরেক গ্রাস ভাত মুখে জোর করে ঢুকিয়ে দিয়ে ভরা মুখে বললাম, "পোড়া মাংস পচার মতন।" চন্দনাদির মুখটা চুপসে গেল। আমি কী ভুল বললাম বুঝতে না পেরে, অর্ধেক ভাত ফেলে উঠে পড়লাম। ওয়াশ বেসিনে মুখ ধুতে গিয়ে একবার ওয়াক উঠল। শব্দটা হয়তো খাওয়ার টেবিল অবধি গিয়েছিল, তাই আর কেউ না খাওয়া ভাত নিয়ে প্রশ্ন করল না। চন্দনাদি নিঃশব্দে আমার থালাটা তুলে নিয়ে চলে গেল। আমি ভেজা হাত-মুখ তোয়ালেতে মুছলাম। আধ-ভেজা তোয়ালেটা বাইরের বারান্দায় রোদে দিলাম। গেঞ্জি খুঁজতে দু-বার খাওয়ার জায়গার কাছে ঘুর ঘুর করলাম। কেন? আমি তা নিজেও জানি না। স্টেশন যাওয়ার অটোতে উঠে ভাবলাম কী এমন বললাম যে চন্দনাদি ফিউজ হয়ে গেল! স্টেশনের এক রাশ ভিড় উঠে গেল একটা ট্রেনে। আমি পরেরটায় উঠলাম। দু-একজন পরিচিতের সঙ্গে সামান্য কথার ধুলো ছুড়ে দিয়ে আবার ভাবতে বসলাম। ওই গন্ধটা কীসের? একটা রাতও বাদ যায় না। কখনো কম, কখনো বেশি। কিন্তু একদম চলে যায় না! মাঝে মাঝে মনে হয় গন্ধটা মাথার ভেতরে, মনের ভেতরে, কিছু একটা পুড়েই চলেছে! কারণ এই গন্ধটার অর্থ আমি জানি না। প্রতিটা গন্ধের অর্থ আছে। যেমন ভাত উথলোনোর

গন্ধ, রুটির গায়ে লেগে থাকা আলগা আটা পোড়ার গন্ধ, ঝোলে ফোড়নের গন্ধ, এ-সবের অর্থ অভিধান বলে খিদে। ধূপের গন্ধ, নারকেলের ছোবার সাথে ধুনোর গন্ধ, পায়েসে তেজপাতার গন্ধ অর্থে ভক্তি। টুথপেস্ট, মাথার তেল, বাবার সেভিং ফোমের গন্ধ, মায়ের রান্নার হাত মোছা শাড়ির আঁচলের গন্ধ, শীতকালে কোল্ড ক্রিমের গন্ধ... বড়ো হয়ে গেলে নস্ট্যালজিয়া। কিন্তু এই গন্ধটা কোনো কিছুর সঙ্গে মেলে না। এই গন্ধটা এতটাই অচেনা, তিরিশ বছর আগেকার মুছে-যাওয়া শৈশবের গন্ধ পর্যন্ত ঘেঁটে ঘেঁটে দেখি প্রতি রাতে। কোন গন্ধের সাথে মেলে এ? সেই পাটকাঠির টুকরোকে সিগারেট বানিয়ে খাওয়ার গন্ধ? প্রথম পৌরুষের গন্ধ? গন্ধ কালিতে ভুল বানানে লেখা চিঠির গন্ধ? বন্ধুর প্রথম মাতাল বমির গন্ধ? চুমু খাওয়ার গন্ধ? প্রথম বুকে মুখ রেখে বান্ধবীর কান্নার গন্ধ? মৃতদেহের ওপর ছেটানো সস্তা আতরের গন্ধ? না, কোনোটার সঙ্গেই মেলে না এটা। জীবনে নতুন এক গন্ধ। যার কোনো মানে জানা নেই আমার।

গরমটা ভয়ঙ্কর হয়ে উঠছে আজকাল এই শহরে। ট্রেনে পাশে দাঁড়ানো গ্রুপটার আজকের আলোচনা এ নিয়েই। গরমে গা পুড়ে যাচ্ছে, বাজার এত খারাপ যে পকেট পুড়ে যাচ্ছে, এত বিড়ি খাস না ফুসফুসটা পুড়ে খাক হয়ে যাবে, প্রেমে ল্যাং খেয়ে মনটা পুড়ে ছারখার হয়েছে! আচ্ছা, এইসব পুড়ে যাওয়ার গন্ধ কেমন? কেউ কোনোদিন পেয়েছে সেই গন্ধ? যে গন্ধটা আমাকে ঘিরে অশরীরীর মতো চলছে, এমনই হয়?

একে তো গন্ধ তার ওপর চন্দনাদি, মাথার ভেতর খিচুড়ি পাকিয়ে গেছে। গন্ধ না হয় মাথার ভেতরে কিন্তু চন্দনাদির হলটা কী? কী হয়েছে তা আমার জানা, তবে মনে আসছে না। কেন যে সে অমন করল, সেটা ঝাপসা স্বপ্নের মতো মনে এসেও গ্যালোপিং ট্রেনের থেকেও স্পিডে মিলিয়ে যাচ্ছে এদিক-ওদিক। চলন্ত ট্রেনেই একটা পোড়া গন্ধ পেয়ে বাইরে তাকালাম। লাইনের পাশে কারা যেন জমানো প্লাস্টিক, পুরোনো জামা-কাপড়ে

আগুন লাগিয়েছে। হ্যাঁ, এবার মনে পড়েছে। তখন কোভিডের প্রথম ঢেউ এসে থিতিয়ে গেছে। চন্দনাদি বেঁচে যাওয়া কয়েক ঘরে কাজে আসছে। আমরা না করিনি। মায়ের যা শরীর পারলে পুরো লকডাউনে চন্দনাদি আসলেই তার ভালো ছিল। ফলে নিয়ম শিথিল হলেই প্রায় কোলে করে নিয়ে এসেছে চন্দনাদিকে। চন্দনাদি ওড়না মুখে জড়িয়ে কাজে আসছে। বাবার নির্দেশে প্রথমে ভালো করে হাত পা সাবান দিয়ে ধুয়ে তারপর রান্নাঘরে এন্ট্রি। রান্নাঘরের তাকে তখন মশলার পাশাপাশি একটা স্যানেটাইজার ও সিংকের পাশে একটা লিকুইড সাবানের বোতল। মুখে চোখে হাত দিলেই স্যানেটাইজার মাস্ট। তারপর সব কাজ। তাতে তরকারিতে পোড়া লাগলেও কিছু এসে যায় না বাবার। বাবা একটু ভীতু মানুষ। রোজ খবর রাখে কোন ক্রনিক রোগের জন্য এই কোভিড খতরনাক হয়ে উঠছে। এভাবেই মাসখানেক বেশ চলল। তারপর চন্দনাদি হাওয়া। মায়ের তাড়ায় গেলাম বাইক নিয়ে ওদের পাড়ায়। আগে কোনোদিনও আসিনি চন্দনাদির বাড়ি। মায়ের বলে দেওয়া ডিরেকশনকে নেভিগেট করে বাড়ি খুঁজে ফেললাম। মা এখানে কখনো এসেছিল হাঁটুর ব্যথা নিয়ে? না হলে এত পরিষ্কার ডিরেকশন দিলো কেমন করে? ফিরে আর জানা হয়নি কোনোদিন। চন্দনাদির বাড়ি তালা বন্ধ। সে হাসপাতালে। করোনা? আশপাশ থেকে বলল, না, না, পোড়া কেস। পোড়া কেস মানে? একজন বিড়ি ধরিয়ে বেশ জমিয়ে বলল গল্পটা। চন্দনাদির নাকি এক দূর-সম্পর্কের বোন প্রায়ই আসত ওদের বাড়ি। কোনদিক থেকে যে বোন তা কেউ জানত না। এমনকী পুরো লকডাউনে ওদের বাড়িতেই ছিল মেয়েটা। সেন্টুর বাবা চালের ভ্যান টানে। প্রথম দিকে কোনো সমস্যা হয়নি। মেয়েটার হাতে টাকা পয়সা ছিল। তাতেই সকলে খেয়েছে মাস দেড়েক। তারপর আসতে আসতে মুদি দোকান ফুল চালু হলে চাল ডেলিভারি করে সেন্টুর বাপ দুপুর দুপুর ফিরে আসে বাড়িতে। হাফ রোজ পায়। একদিন কাজ ফুরিয়েছে তাড়াতাড়ি, বাড়ি ফিরে দেখে চন্দনাদি

আর তার সেই বোন বিছানায় ফস্টিনস্টি করছে। কী যেন বলে আজকাল, ল্যেজবিয়ান না... আমি বললাম, লেস্‌বিয়ান। লোকটা অশ্লীল হেসে বিড়ির টুকরো ফেলে আবার শুরু করল। তারপর রোজই অশান্তি। মেয়েটা সেদিনই চলে গিয়েছিল তার বাড়ি। কিন্তু অশান্তি থামে না। গেল হপ্তায় তা এমন পর্যায়ে পৌঁছোলো যে চন্দনাদি গায়ে আগুন দেওয়ার চেষ্টা করে। সেন্টুর চিৎকারে তার বাপ এসে নেভায়। তবু দুটো থাই বেশ খানিক পুড়ে গেছে। লোকজন যাতে জানতে না পারে তাই আর হাসপাতালে যায়নি ওরা। কিন্তু চিকিৎসা না করালে কি আর পোড়া ঘা সারে? লোকটা খিকখিক করে হেসে ওঠে। আমি বাইক ঘোরাই।

ট্রেন থেকে নেমে আপন মনেই নিজের মাথায় চাঁটি মারলাম। পোড়া ঘায়ে এমন করে খোঁচা দিতে আছে!

দেনা

'বিশ্বাস করেন?' এমন প্রশ্নে আজও থমকে যাই আমি। পৃথিবীর সমস্ত বিশ্বাস কি আকাশের চাঁদ, সূর্য, তারা যে চোখ খুললেই সব্বাই দেখতে পাবে আর বিশ্বাস করবে? মানুষের অনুভূতিকে বিশ্বাস করবেন কেমন করে? স্কুলে আমাদের কেমিস্ট্রি স্যারকে টেস্টটিউবে কোনো পরীক্ষা করে নিয়ে গিয়ে মুখস্থের মতো ইকুয়েশন বললেই তিনি বলতেন, 'আচ্ছা? তুই কেমন করে জানলি? নিজের চোখে দেখেছিস?' কেউ কেউ তর্ক করত, 'হ্যাঁ, দেখলাম তো! এই অ্যাসিডের সঙ্গে এই লবণ মেশালাম, তাতেই তো এই রং এলো!' স্যার ওমনি আরও ছ'টা রিয়াকশন বলে দিতেন, যাতে একই রং হয়। এবার বলুন, কাকে বিশ্বাস করবেন? আর কীভাবেই বা বিশ্বাস করবেন? ফলে নিজের অনুভূতির বিশ্বাস সে কেবলই নিজের। অন্য কাউকে তা বিশ্বাস করাতে যাওয়া মুর্খামি। আমি নিজেও কি করিনি এই ভুল? বেশ কয়েকবার করেছি। নানান সান্ধ্য আড্ডায়, চায়ের ঠেকে, বর্ষায় আটকে পড়ে সকলেই শুনেছে আমার নানান অলৌকিক অভিজ্ঞতা। চোখে মুখে আতঙ্ক মেশানো ভালো লাগা নিয়ে ছাতা মাথায় বাড়ি ফিরেছে সকলেই। কিন্তু দিন কয়েক পরেই আলো

ঝলমলে রাতে সেই কথাগুলোর উপর ঠাট্টা ঝরিয়ে দিতে কার্পণ্য করেনি। যাঁরা কটাক্ষ করেননি, তাঁরা পরামর্শ দিয়েছেন, 'এগুলো লিখে ফেল। ভূতের গল্প চিরকালীনই পাঠক-প্রিয় ' প্রথম দিকে ভাবতাম আর বলব না ওদের এই সব। কিন্তু মুশকিল হল, মানুষ যতক্ষণ না নিজের অদ্ভুত কথাগুলো আর পাঁচটা মানুষকে বলে ফেলতে পারে, পেটের ভাত হজম হয় না। আমারও হয়নি! এত কিছুর পরেও বেশ আধি-ভৌতিক স্থান পেলেই শুরু করে দিতাম। এখন লোকে আমাকে খোঁজে এমনই গল্প শোনার জন্য। পিছনে হাসলেও, সামনে বেশ খাতির করে লোকজন। আজকাল এটাই বেশ এনজয় করছি।

মার্কেটিং-এ কাজ করি। জীবনের শুরুই মার্কেটিং দিয়ে। কাজের ব্যাপারে আমার স্বপ্ন বলে কিছু ছিল না কোনোকালে। কলেজ শেষ করে একটা চাকরির খোঁজে ঘুরতে ঘুরতেই একদিন এক ওষুধের কোম্পানিতে এই মার্কেটিং-এর চাকরি। উনিশ বছর হয়ে গেল। এর মধ্যে মোট চারটে কোম্পানি পালটাতে হয়েছে। সেটা অবশ্যই মোটা মাইনের লোভে। মধ্যবিত্ত পরিবারের ছেলে আমি, সারা জীবন এটাই বিশ্বাস করে এসেছি যে ভালো সুযোগ মানে ভালো জীবন। আর, সুযোগের সঙ্গে এই চাকরিতে আমার একস্ট্রা পাওনা, ঘোরা। দিল্লি, বম্বে না হলেও সারা বাংলাটা ঘুরতে পারি। প্রতি কোম্পানিতেই আমার দায়িত্বে থাকে অন্তত দুটো জেলা। এই কোম্পানি বড়ো। তাই আমার কপালে জুটেছে একটাই জেলা, দার্জিলিং। দার্জিলিং শুনেই আপনার মনটা পাহাড়ঘেরা শৈলশহর হয়ে গেলেও আমার গণ্ডি শিলিগুড়ি। বছরে এক-আধবার যাই বটে পাহাড়ে, তবে বাকি বছরটা শিলিগুড়িতেই কেটে যায়। আসলে আমার এই কোম্পানি ওটি অ্যাপারেটাস বিক্রি করে। দার্জিলিং জেলার সমস্ত বড়ো অপারেশন শিলিগুড়িতেই হয়। ফলে আমার আপাতত সেকেন্ড হোম এই শিলিগুড়ি। হাসপাতালের সামনে একটা সস্তার হোটেলে

উঠি প্রতিবার। খানিক পয়সা বাঁচে। এটাই আমার একস্ট্রা ইনকাম। এ থেকেই ইএমআই ছাড়া আই-ফোন ইলেভেন কিনেছি। যদিও কিনে লাভ হয়নি কিছুই। হোটেলে ঢুকে পড়লে ভালো নেটওয়ার্ক পাওয়া যায় না। টিভি দেখিনি, যবে থেকে ওটিটি এসেছে। ফলে টিভি চালাই না। মোবাইলে কিছু সিনেমা ডাউনলোড করা আছে, কিন্তু আজ সেগুলো দেখতে ইচ্ছে করছে না।

সকাল থেকেই মেজাজটা চটকে আছে। প্রায় দু-বছর হয়ে গেল তিন হাজার টাকা ধার নিয়েছিল অব্যয়। প্রথম বছরটা আজ দেবো, কাল দেবো করে কাটিয়ে পরের বছর থেকে পুরো উধাও! ফোন ধরে না। মাস খানেক আগে শেষবার ফোন করল, 'টিঙ্কুদা, খুব শরীর খারাপ। তুমি তো কত ডাক্তার চেনো। একজন ভালো ডাক্তারের কাছে নিয়ে যাবে আমাকে? না হলে আর বাঁচব না বিশ্বাস করো!' অব্যয় আমার থেকে আড়াই বছরের ছোটো। বাবা নেই। মা শয্যাশায়ী, সে প্রায় পনেরো বছর হল। ছেলেটা একটা কনস্ট্রাকশন কোম্পানিতে ম্যানেজারের চাকরি করে। আমার সঙ্গে চেনাশোনা সেই স্কুল থেকেই। আমার থেকে দু-ক্লাস নীচে পড়ত। তারপর চায়ের ঠেকে আলাপ বন্ধুত্বে পৌঁছেছে। আমরা যে এলাকার চায়ের দোকানে যেতাম তার কাছাকাছিই ওর বাড়ি। আলাপী ছেলে, সাথে বেশ ডাকাবুকো, ফুর্তিবাজ। কত কত বন্ধুর বাবা-মায়ের জন্য হাসপাতালে রাত জাগতে ওকে ডেকে নিয়েছি। কোনোদিন না করেনি। তারপর যা হয়, আমাকে অন্য জেলায় চলে যেতে হল। ফোনে কথা হত মাঝে মাঝে। সেটা কমে ফেসবুক মেসেঞ্জারে কিছু টুকটাক কথা। কমেন্টবক্সে খিল্লি। সময় তাও কমিয়ে নিয়ে আসে। কোনো রবিবার চায়ের দোকানে গেলে দেখা হয়ে যেত ওর সঙ্গে। তাতেও যে প্রচুর আড্ডা হত তাও নয়। হয় ওর তাড়া থাকত, না হলে আমার।

তারপর টাকা নিয়ে উধাও। চায়ের দোকানে একদিন খোঁজ করে জানলাম ওর মা মারা গেছেন। ফোন করলাম। ধরল না।

হেব্বি রাগ হল। টাকা চাওয়ার জন্য তো ফোন করিনি! যদিও তিনদিন পর নিজেই রিং ব্যাক করেছিল। সমবেদনার সমস্ত কথা ফুরোলে নিজেই বলল, 'টিঙ্কুদা, কাজকর্ম মিটলেই টাকাটা দিয়ে দেব। আর এসো কিন্তু শুক্রবার।' আমিও যে টাকা ধার নিইনি ওর থেকে তা নয়। নিয়েছি, ফেরত দিতেও ভুলেছি। ও-ই চেয়ে নিয়েছে। একবার নয় বেশ কয়েকবার চেয়ে তারপরই পেয়েছে। একবার মনে হল, সেটারই শোধ তুলছে! কিন্তু সে মাসে আমার অবস্থা বেশ টাইট। নতুন জায়গায় জয়েন করেছি। টিএ পাচ্ছি না। মাস না কাটলে পাব-ও না। আগের মাসের মাইনে সংসারে খরচ হয়ে গেছে। কিছু জমানো টাকা দিয়ে সবে বাইকটা বুকিং করেছি। তাই না এত তাড়া টাকাটার জন্য। না হলে কি ওই তিন হাজারের জন্য কেউ মরে যায়? কিন্তু সত্যি বলছি, ওই টাকাটা না হলে মরেই যেতে হবে! মাস চালাতে আমাকে ধার করতে হয়েছে সেই চায়ের ঠেক থেকেই। সেদিনই শেষ খোঁজ নিই অব্যয়ের। মাসি বলল, 'অনেকদিন আসেনি এদিক পানে। কে যে বলল, এখানে খুব বেশি থাকে না। জন্ডিস নিয়ে ওর মাসির বাড়িতে গেছিল। এখন ওখানেই থাকে।' জানতে চাইলাম, 'সেই মাসির বাড়ি কোথায়?' 'সোনারপুর।' মাসি দোকানের শেষ চা বড়ো ফ্লাস্কে ঢেলে রাখতে রাখতে উত্তর দিলো। মনে মনে ভাবলাম, তাহলে বাড়িটা ভাড়া দিয়ে দিলো নাকি?

ফেরার সময় ঘুরে এলাম ওর বাড়ির সামনে দিয়ে। ঘুটঘুটে অন্ধকার। একটা জানলাও খোলা নেই। ওদের বাড়ির সীমানায় কোনো পাঁচিল বা বেড়া নেই। সমস্তটাই খোলা। একটু উঁকি-ঝুঁকি মেরে দেখলাম, পিছনের দিকেও কোনো জানলা খোলা আছে কিনা। বাড়ির সামনেটায় বহুদিনের শুকনো পাতা, বেড়ে উঠেছে ঘাস, আগাছা। কয়েকদিন ধরে বৃষ্টি হওয়াতে চাতালে কালচে শ্যাওলা জমে আছে। পাশের বাড়ির কাকু রাতের খাওয়া শেষ করে নিজের বাড়ির সামনে দাঁড়িয়ে গ্লাসের জলে কুলকুচি

করছিলেন। কুলকুচি শেষ করে আমার দিকে ফিরে বললেন, 'কাউকে খুঁজছ?'

—অব্যয় নেই বাড়িতে?

—না, মাসখানেক আসেনি বাড়ি।

'ও!' আর কথা না বাড়িয়ে বাইক স্টার্ট করলাম।

ছেলেটা যেন সত্যিই উধাও হয়ে গেল! সেদিন রাতে বাড়ি ফিরে ফেসবুকে একটা মেসেজ করলাম অব্যয়কে। ওর লাস্ট সিন দেখাচ্ছে প্রায় আড়াই মাস আগের। কী মনে হওয়ায় ফোন করলাম। বেজে গেল, কেউ ধরল না। এসএমএস করলাম, ডেলিভারি হল না। ওর তেমন কোনো বন্ধুকেও আমি চিনি না যে ফোন করে খবর নেব। খানিক সময়ের জন্য নিজেকে বেশ হেল্পলেস লাগল। এই পৃথিবীতে মানুষ বেঁচে থেকেও কেউ যে জাস্ট উবে যেতে পারে এই ঘটনা না ঘটলে আমিও বিশ্বাস করতাম না। এই বিস্ময় কাটতে লাগল এক রাত। পরদিন থেকে আবার চাকরির মজায় মিলিয়ে গেলাম। তারপর মাসখানেক আগে সেই ফোন। ডাক্তার আমি দেখিয়ে দিতেই পারি। কিন্তু কী হয়েছে সেটা তো জানা জরুরি। জানতে চাইলাম, 'কী হয়েছে?'

—কিছু খেতে পারি না। গেল সাতমাসে ওজন কমেছে তেত্রিশ কেজি। চামড়া কালো হয়ে যাচ্ছে।

যা বুঝলাম, লিভারের গণ্ডগোল। আমাদের এলাকার একজন মেডিসিন ডাক্তারের নাম বলে দিলাম। ফোন নাম্বারও পাঠাব বললাম। 'গিয়ে দেখা কর। আমার নাম বললেই হবে।' ফোন ছেড়ে নম্বর পাঠালাম মেসেজে। যদিও আজও সে মেসেজ ডেলিভারি হয়নি। আমারও আর পরে খোঁজ করা হয়নি, ছেলেটা ডাক্তারের কাছে গিয়েছিল কিনা!

আজ সারাদিন হাসপাতাল আর এলাকার এমআরদের সাথে গুচ্ছ কাজ শেষ করে ফোন খুলে দেখলাম অব্যয়ের ফোন থেকে দু-বার ফোন এসেছে। তারপর থেকে অন্তত গোটা কুড়িবার ফোন করেছি, ফোন ধরছে না। বাইরে এলে রাতে আমি ভাত খাই। মৌরলা মাছের ঝাল আর ভাত অর্ডার করেছিলাম আজ। শিলিগুড়ির এই হোটেলটা মৌরলার ঝালটা দারুণ করে। ফোনটা চার্জে বসিয়ে খেতে বসেছি ওমনি ফোন। মা করছে হয়তো। টেবিল থেকে উঁকি মেরে দেখলাম, মা নয়, অব্যয়। বাজুক! খেতে বসে ফোন ধরতে হবে, এত ইম্পরট্যান্ট ফোন নয় এটা। সেই তো এক কথা বলবে। আরে ভাই, ডাক্তার দেখা! আর যদি কাউকে ঠিকও করে দিই, দেখাতে যাবি কিনা ঠিক নেই, গেলেও জানানোর প্রয়োজন বোধ করবি না!

আমি খাওয়াতে মন দিলাম। এই হোটেলগুলোতে আলাদা করে কোনো রেস্টুরেন্ট থাকে না। কিচেন আছে, খাওয়া-দাওয়া নিজের ঘরেই। বাড়ির টি-টেবিলকেই এখানে ডিনার টেবিল বানাতে হয়। যার সাইজ ওদের দেওয়া সারভিং ট্রের থেকেও ছোটো। ফলে দুটোর বেশি আইটেম বলাটাও এইসব হোটেলে শাস্তি। ভাতটা পুরো খেতে পারলাম না। কেন জানি বিস্বাদ লাগল মাছের ঝালটা। ট্রে সমেত এঁটো বাসন দরজার বাইরে নামিয়ে হাত ধুয়ে নিলাম। চার্জার থেকে ফোনটা খুলে নিলাম। দরজা খোলা রেখেই বাইরের বারান্দায় এলাম অব্যয়কে ফোন করতে। ঘরে কথা শোনা যায় না একদম। দীর্ঘ রিঙের পর ফোন তুলল। ‘হ্যালো, টিঙ্কুদা বলছেন?’

—হ্যাঁ, বলছি!

—আমি অব্যয়ের বন্ধু, শান্তনু।

—আচ্ছা, বলুন। ও কেমন আছে?

—দাদা, আজ দুপুরে অব্যয় মারা গেছে...

আমার ঠিক মনে নেই কখন ফোনটা রেখে দিয়েছিলাম। ঘরে এসে ফ্যান না চালিয়েই বসে পড়েছিলাম বিছানায়। এত কম বয়সের একটা ছেলে... মা ফোন করেছিল। অল্প কথাতেই আজ ফোন রাখলাম, ঘুম পাচ্ছে এই অজুহাতে। মায়ের ফোন রেখে দেখলাম গায়ের স্যান্ডো গেঞ্জিটা ঘামে ভিজে গেছে। ফ্যান চালালাম। বিছানার ব্যাকরেস্টে পিঠ দিয়ে বসে রইলাম রাত বারোটা অবধি। কত কী মনে পড়ল। চায়ের দোকান, আড্ডা, অব্যয়ের সঙ্গে তামাশা। একবার পুজোর রাতে ঠাকুর দেখতে গিয়েছিলাম। মাঝরাতে সে কী হাঙ্গামা করেছিল অব্যয়! পুলিশের তাড়াও খেয়েছিলাম সেদিন। আরও কত কথা... আর সেই ছেলেটাই জাস্ট উবে গেল!

ঘুম নয় তন্দ্রা এসেছিল। তা ছিঁড়ে গেল একটা ইনকামিং মেসেজের চিৎকারে। টিমের কেউ হয়তো করেছে! আগামীকালের কোনো প্ল্যান। না থাক, দেখব না। মন নেই এসবে আজ। পাশ ফিরে শুলাম। কিছুতেই ঘুম আসছে না। চুপচাপ শুয়ে কেবলই অব্যয়ের মুখটাই ভেসে আসছে চোখের সামনে। উফ্, অসহ্য। এর থেকে মোবাইল খুলে ফেসবুকে রিল দেখা ভালো। পাশ ফিরে মাথার কাছ থেকে মোবাইলটা নিলাম। মোবাইলের ঘড়িতে রাত দুটো বাজে। স্ক্রিন অন করতেই চোখে পড়ল একটা হোয়াটসঅ্যাপ, অব্যয়ের। তড়াক করে উঠে বসলাম বিছানায়। কয়েক সেকেন্ড ভাবলাম খুলব, না খুলব না মেসেজটা! ওপেন করতে গিয়ে বুঝলাম হাতের আঙুল কাঁপছে। হোয়াটসঅ্যাপের অফ হোয়াইট স্ক্রিনে অব্যয়ের একমাত্র মেসেজ—

'টিঙ্কুদা, তোমার দেনাটা শোধ করা হল না।'

রাক্ষসী

এমনিতেই শীতের সন্ধ্যা ঝুপ করে নামে, তার ওপর আজ সকাল থেকে মেঘলা আকাশ। দুপুর থেকেই সন্ধের প্রস্তুতি নিয়েছে চারপাশ। ওদিকে পুরুতমশাইয়ের কাজ শেষই হচ্ছে না! রনি যদিও খাওয়ারের দিকটা দেখভাল করছে, তবু মনটা পড়ে আছে বাড়ির উঠোনের শ্রাদ্ধানুষ্ঠানেই। বড়ো সেনমশাই মারা গেছেন মাসের দু-তারিখ। স্বাভাবিক মৃত্যুই। অসুস্থ ছিলেন, বয়স আশি ছাড়িয়েছিল সেই কবে। বালি-পাথরের ব্যবসা বড়োছেলে রনির মামা সহদেবকে বুঝিয়ে কৃষ্ণ নাম শুরু করেছিল তাও পনেরো বছর! যদিও শেষ চার বছর বিছানা ছেড়ে উঠতেই পারেনি রনির দাদু। সহদেব ব্যবসাকে আরও উচ্চতায় নিয়ে গেছে। আশেপাশের তিরিশ কিলোমিটারের মধ্যে কনস্ট্রাকশান হলে সেন বিল্ডার্স ছাড়া বালি-পাথর নেওয়ার সাহস কারোর নেই। যদিও এই উচ্চতায় যাওয়ার পেছনে রনির বাবার হাতযশ আছে। রুলিং পার্টির জেলা সম্পাদক বলে কথা! রনির বাবা কল্লোল তার মামার সঙ্গেই শ্রাদ্ধানুষ্ঠানে আছে। এসব সারাদিনের ঝক্কি, ফলে ফাঁকফোকরে সহদেবকে সিগারেটের ব্যবস্থা করে দিচ্ছে সেই। তাছাড়া অতিথিদের প্রাথমিক সামলানোটাও তারই ভাগে

পড়েছে। রনির বাবার তরফ থেকেও হেভি-ওয়েট অতিথি এসেছেন, তাঁদের ব্যবস্থা আলাদা। রনিকে সেদিকে যেতে হয়নি। সে সামলাচ্ছে সাধারণ নিমন্ত্রিতদেরকেই। কিন্তু মন পড়ে আছে অনুষ্ঠানে। মামি তাকে বলে রেখেছে, "মামা যখন ভাতসড়া দিতে যাবে তুই সঙ্গে যাস বাবা!" সন্ধে হলে আজকাল ওদিকে কেউ যেতেই চায় না। ওদিক বলতে বাড়ুইদের পুকুরে। মনুবাজার যেতে রাস্তাতেই পড়ে। ওদিক এড়িয়ে বাজারে যাওয়া প্রায় অসম্ভব। এবার শীতের শুরুতেই সারা এলাকায় ছড়িয়ে গেছে ওই পুকুর পাড়ে রাতে এক রাক্ষসী আসে।

নভেম্বরের শেষ, মিত্রদের বাড়িতে কেউ মারা গেছেন। শ্রাদ্ধের শেষে ভাতসড়া দিয়ে এসেছে বাড়ির বড়োছেলে। দিয়ে আসবার মিনিট দশেকের মধ্যেই কার্তিকদা ওদিক দিয়েই বাজারে যাচ্ছিল। সেই প্রথম দেখে ওই রাক্ষসীকে। মিটমিটে প্রদীপ জ্বলছিল ভাতসড়ার পাশে। বাড়ুইরা পুকুর যাতে বেহাত না হয়ে যায় তার জন্য, একটা উঁচু পাঁচিল তুলে দিয়েছে বছর সাতেক হল। ফলে রাস্তার আলো পুকুরপাড়ে খুব একটা এসে পড়ে না। যদিও তাতে কোনো গেট লাগিয়ে সাধারণের ব্যবহারে নিষেধাজ্ঞার তালা ঝুলিয়ে দেয়নি তারা। সাধারণত রাত হলেই অন্ধকার লেপটে থাকে পুকুরে। সেদিন প্রদীপের আলোয় কার্তিকদা দেখে অন্ধকার জড়ানো একটা শরীর হাপুস-হুপুস করে খাচ্ছে ভাতসড়ার খাবারগুলো। মুখের সামনে কালো মেঘের মতো চুল পড়ে আছে। মুখ দেখা যায় না। মনে হয় চুলের আড়ালে এক মস্ত গহ্বর। তাতেই যেন সমস্ত খাবার চলে যাচ্ছে। কার্তিকদা ভয়ে চিৎকার করে উঠেছিল। ওর চিৎকারেই সেই ক্ষুধার্ত শরীরটা অন্ধকারে হারিয়ে গিয়েছিল। পরে লোকজন টর্চ হাতে অনেক খুঁজলেও ফাঁকা ভাতের মাটির থালা ছাড়া আর কিছুই পায়নি। এরপরও দু-বার একই কাণ্ড হয়েছে। ভাতসড়া দিয়ে আসবার আধ ঘণ্টা পরে দেখা গেছে সে থালা একদম ফাঁকা। তারপর যা হয়, লোকের

মুখে ছড়িয়ে যায় গুজব। কত লোক দেখেছে একটা মেয়েমানুষের শরীর অন্ধকার থেকে এসে নেমে যাচ্ছে জলে। কেউ বা দেখেছে মাছ ধরতে। তবে কেউই তার মুখ দেখেনি। একরাশ জটপাকানো চুল ঢেকে রেখেছে অন্য ভুবনের গহ্বরকে। ফলে রাত হলে আর ওদিকে কেউ ভয়ে যেতে চায় না। বাজারে যেতে হলে অনেকটা ঘুরে যায়। কিন্তু আজ মনে হচ্ছে রনি আর এড়াতে পারবে না অন্ধকারকে। পকেট থেকে মোবাইল বের করে সময় দেখে, চারটে সাত। এখন গেলে তাও খানিক আলো পাওয়া যাবে, আর আধঘন্টা পরে কিছুই দেখা যাবে না পুকুরপাড়ে। বিরক্ত লাগে! ওদিকে ভেতর থেকে কেউ চিৎকার করছে, কিছু চাইছে। রনি ভেতরে যায়। বেগুন ভাজা লাগবে। নতুন ব্যাচ বসেছে। রনি খোঁজ নেয় আর কটা ব্যাচ বাকি। কেউ একজন বলে, এটাই হয়তো শেষ দাদা। সেনদের বাড়ির পাশের মাঠে প্যান্ডেল করে এই খাওয়ার ব্যবস্থা হয়েছে। পাশে আরেকটা ম্যারাপ বাঁধা। সেখানে সন্ধে হলে নামসংকীর্তন বসবে। মাইকের লোকজন এসে গেছে। মাঝে মাঝেই যন্ত্রের ক্যাঁচ ক্যাঁচ শব্দে বিকেলের শান্তি ভাঙছে। রনি রান্নার জায়গায় গিয়ে তদারকি করে। লুচি আর ডালের হিসেব নেয়। "সুবলদা, কিছু কম পড়বে না তো?"

—না, না দাদাভাই, মাপ একদম ঠিক আছে।

—দেখো, বাড়ির লোক এখনো বাকি আছে! ও বাবা, ডালনা তো বেশি নেই!

একটা ডেকচির ঢাকনা তুলে বলে রনি।

—আরে না, না, ওদিকে আরও একটা ডেকচি আছে। আচ্ছা এবারে কটা লুচি করি, দাদাভাই?

সুবল ছানতায় গোটা কয়েক লুচি গরম তেল থেকে তুলতে তুলতে জানতে চায়।

—ভাজো না আরও গোটা কুড়ি। এই ব্যাচে লোক নেই বেশি।

সুবল আর প্রশ্ন করে না। বাকি লুচিগুলো তুলে নিয়ে, নতুন লুচি

বেলতে বসে। ওর বাকি হেল্পারগুলো বিড়ি টানতে গেছে বাইরে। কয়েকজন বাকি হাঁড়ি-কুড়ি মাজছে মাঠের পাশের কলে। রনি বাইরে আসে। এত আত্মীয়-স্বজনের ভিড়ে একটাও সিগারেট খেতে পারেনি সেই দুপুর থেকে। প্যান্ডেলের পেছনে যায়। আকাশ আরও কালো হয়ে এসেছে। দিনের আলো কমে এসে মিলিয়ে যাচ্ছে রাতের অন্ধকারে। আজ খেলার মাঠ ফাঁকা। অন্য দিন একদল ছেলে ক্রিকেট খেলে এখানে। বৃষ্টির ভয়ে হয়তো আজ কেউ খেলতেই আসেনি। নাকি সেই রাক্ষসীর ভয়! রনির মনের ভেতরটা আবার হুহু করে উঠল। ভাতসড়া যে কখন দিতে যাবে! আরে যত রাতে ইচ্ছে যাক, তাহলে তাকে নেওয়া কেন? বাবাই তো যেতে পারত? সেবেলায় তার বীরত্ব চুপসে যায়, অন্য সময়ে... একটা লম্বা টান দেয় সিগারেটে। অনেকটা ধোঁয়া ইন করে বাঁদিকে তাকায় রনি। কী যেন প্যান্ডেলের তলা দিয়ে বাইরে থেকে ভেতরে ঢুকছে! "এই কে রে?" হাঁক পাড়ে সে। হাতের আধ-খাওয়া সিগারেটটা ফেলে রনি প্যান্ডেলের ভেতরে দৌড়ায়। চলতি ব্যাচটা শেষের দিকে। অনেকেই উঠে গেছে। জনা ছয়েক মানুষ শেষ পাত চেটেপুটে উপভোগ করছে। রনি ভেতরে এসেই খোঁজে কে ঢুকে পড়ল এই আধা অন্ধকারে! কুকুর নাকি? এদিকটা দেখে রান্নার জায়গায় যাবে ওমনি শামি ওর কানের কাছে এসে বলে, "শেষ টেবিলে দেখো দাদা? মন্টুর বউ এসেছে খেতে!"

—ওকে কে ডেকেছে?

রনি অবাক হয়ে জানতে চায়।

—তা জানি না। তবে ওর গায়ে যা গন্ধ, ওকে খেতে দেবে কে?

—এক কাজ কর। ওকে বল বাইরে দাঁড়াতে, কিছু খাবার প্যাক করে দে।

শামি নির্দেশ মতন ওদিকে চলে যায়। রনি একবার রান্নার জায়গায় গিয়ে কয়েকটা লুচি, ডাল, দুটো বেগুন ভাজা ইত্যাদি প্যাক করায়

সুবলকে দিয়ে। আজকের দিনে কাউকে না খাইয়ে তো আর ছাড়া যায় না, তবে মন্টুর বউকে এখানে দেখলে এখুনি বাড়িতে চেঁচামিচি শুরু হবে।

মন্টুদাকে রনি সেই জন্মের থেকে দেখছে। রিক্সা চালায়। আগে তার দাদুর বাঁধা রিক্সাওয়ালা ছিল মন্টুদা। শুনেছে ওর রিক্সাটা নাকি দাদুরই কিনে দেওয়া। ফলে সেনবাড়ির সকলের একটা অধিকার ছিল ওর রিক্সার ওপর। কেউ তেমন ভাড়া দিত না। বাড়ির মেয়েরা তো নয়ই। মামা কখনো কখনো পাঁচ-দশ টাকা দিয়ে দয়া করত। রনি বহুবার মামাবাড়িতে এসে মন্টুদার রিক্সা চড়ে ঘুরে বেড়িয়েছে সারা এলাকা। মন্টুদা হাসি মুখেই ঘুরিয়েছে। সহদেব যখন থেকে গদিতে বসতে শুরু করল, সে পাঁচশো টাকা মাসিক হিসেবে মন্টুদাকে রাখল সকালে দোকান খোলা আর দোকান পরিষ্কারের জন্য। সহদেবের শরীরে মায়া-দয়া একটু বেশিই, বাড়ির লোকে বলে। রনি বড়ো হল। মামার সঙ্গে ব্যবসায় পার্টনারশিপ করিয়ে দিল বাবা। মন্টুদা সেই একই রয়ে গেল। বছর দেড়েক আগে হঠাৎ এক সন্ধ্যায় মন্টুদা বিয়ে করে নিয়ে এলো এই মেয়েটিকে। মামা তো হেসেই খুন। “এই বয়সে এত কচি মেয়ে বিয়ে করেছিস তুই?” মন্টুদা বিড়ি খাওয়া কালো দাঁত বের করে হাসে, “শেষ বয়সে আমায় দেখবে কে বলেন! তাই...” মেয়েটি দেখতে ভয়ংকর। পাড়ার মেয়েরা তাই বলল। সে জল ভরতে এলে রাস্তার কল ফাঁকা হয়ে যায়। কেউ কেউ বলল, কালীপুজোর সময় যে বেঁটে কালো ডাকিনী-যোগিনী বানায় কুমোরটুলিতে, সেই যেন জ্যান্ত হয়ে এসেছে। মন্টুদার এসব কথায় হেল-দোল নেই। সে বিড়ি খায়, ভাড়া খাটে, দোকান খোলে, বন্ধ করে। কেবল আগে যেমন কাজ সেরে সন্ধে থেকে মামার দোকানে বসে থাকত,

আজকাল সেটা বাড়িতেই কাটায়। এতে মামার হয়েছে সমস্যা। বারবার চা আনতে অন্য লোককে হাঁক-ডাক করতে হয়। একটু রাতের দিকে মন্টুদা এলে মামা অশ্লীল ইয়ার্কি মারে। মন্টুদা দাঁত বের করে হাসে। দোকানের ঝাঁপ ফেলে খবরের কাগজে আগুন ধরিয়ে আরতি করে দোকানের। জ্বলন্ত কাগজ মাটিতে ফেলে নিভে না যাওয়া অবধি অপেক্ষা করে। মামার হাতে দোকানের চাবি তুলে দিয়ে বিড়ি ধরায়। কাগজ নিভে গেলে সে আধখানা অন্ধকার ভেঙে বাড়ির পথ নেয়। গলির আলো-আঁধারিতে কেবল মাঝে মাঝে ভেসে যায় খানিকটা ধোঁয়া। আশেপাশে বাড়ির টিভি সিরিয়ালের শব্দ ভেদ করে মন্টুদা কেশে ওঠে মাঝে মাঝে। মামা এসব দৃশ্য দেখতে দেখতে বলে, "শালা বুড়া বয়েসে বিয়ের মধুতে মজেছে!" বছর গড়ায়, দৃশ্যের পরিবর্তন হয় না।

বিবাহ-পরবর্তী মন্টুদা এখন অভ্যেস হয়ে গেছে সকলের। তার বউও। আজকাল সে ঘরের বাইরে এসে দাঁড়ায়। পাড়ার সকলের হাবভাব দেখে, রাস্তার লোক দেখে। খেলার মাঠের কোনায় গিয়ে বসে। একা একাই হাসে। মাঝে মাঝে বিড়বিড়ও করে নিজের মনে। মন্টুদার ফেরার সময় হলে সেও উঠে ঘরে যায়। কিন্তু ওকে আর কেউ খেয়াল করে না। সেও সাবধানে থাকে, যাতে লোকের চোখে না এসে পড়ে আবারও। কীর্তনে খিচুড়ির লাইনে সে সবার শেষে দাঁড়ায়। ভাসান দেখে সাবধানে, সকলের ছোঁয়া বাঁচিয়ে। এবছর প্রবল গরমে একদিন রিক্সা থেকে পড়ে গেল মন্টুদা। সানস্ট্রোক ভেবেছিল সকলে। মামাই ডাক্তার দেখাল। ডাক্তার বড়াল বললেন, "এ তো জন্ডিস কেস! অনেকদিন থেকে বাসা বেঁধেছে। এতদিন করছিলে কী?" মামা এক প্যাকেট মুড়ি, আড়াইশো চিনি কিনে বাড়ি পাঠাল। সন্ধেতে দোকান বন্ধ করতে এলো মন্টুদা। তার পরদিন থেকেই সে উধাও। সপ্তাখানেক পর মামা খবর নিলো, মন্টুদার জ্বর এসেছে তা নাকি কমছেই না। তারও দিন-চারেক পর সে একদিন এসে উপস্থিত সকালে। এ ক-দিন

রনিই সকালে এসে দোকান খুলছিল। মামার সকালে উঠে বাজার সেরে, পুজো করতে করতে অনেকটা বেলা হয়ে যায়। হঠাৎ মন্টুদাকে দেখে রনি খুশিই হয়। চা আনায়, খানিক গল্পও করে। মন্টুদা চলে যায় রিক্সা নিয়ে। মামার গোলার এক কোনাতেই রাখা থাকে তার রিক্সা। ওখান থেকেই নেয়, ওখানেই রেখে ঘরে যায় মন্টুদা। পরদিন দুপুরবেলা মন্টুদার বউ এসে উপস্থিত। মন্টুদা নাকি কাল সকালে বেরিয়ে আর ফেরেনি। রনি জানাল রিক্সা গোলাতেই আছে। কাল দুপুরে রেখেছে হয়তো। তারপর আর বের করেনি। খোঁজ পড়ল চারিদিকে। এত ব্যস্ততা দেখে পাড়ার লোকজনও খোঁজ নিলো ব্যাপারটা কী? কে হারিয়েছে? মন্টু? কোন মন্টু? ও হ্যাঁ হ্যাঁ, যে রিক্সা চালাত? মাত্র কয়েক ঘণ্টার অনুপস্থিতিতেই মানুষ অতীতকাল হয়ে যায়। মন্টুদার বউ রাস্তার একধারে বসে রইল। সকলেই তাকে দেখল, তবে সহানুভূতি দেওয়ার জন্যও কেউ কাছে গেল না। সে বসেই রইল। ভিড় কমল, সন্ধে নামল। হঠাৎ খোঁজ এলো বাড়ুইদের পুকুরে লাশ ভেসে উঠেছে। মিনিট দশেকের মধ্যেই কনফার্মড হল লাশ মন্টুদার। আগের দুপুরে হয়তো রিক্সা দাঁড় করিয়ে স্নানে গিয়েছিল, স্নানের মধ্যেই ডুবেছে। সমস্ত পাড়াটা এবার নিশ্চিন্ত হল। খোঁজ তো মিলেছে! ক্লাবের উৎসাহী ছেলেরা মন্টুদাকে পুড়িয়ে এলো সহদেবেরই খরচে। দিন এগোলো। মন্টুদার বউ এ-পাড়ায় রয়ে গেল একটা আগাছা ঝোপের মতো। মাসখানেক পরেই বাড়িওয়ালা জবাব দিয়ে দিলো। বেঘর মন্টুর বউ মামার কাছে এলো। মামা আশ্বাস দিলেও মামি বেঁকে বসল, "অমন একটা মেয়েমানুষ বাড়িতে থাকলে বাড়ির ছেলেপুলেগুলো তো ভয়েই মরে যাবে! আর ওই বর-খাওয়া মেয়েছেলেকে আমি বাড়িতে কাজের লোক রাখব না।" এরপর মামাও আর এসব নিয়ে ভাবতে গেল না। সে কবে ঘর ছাড়ল, কী খেলো, তার হিসেব রাখা নেই কোথাও! কেবল পাড়াতে কোথাও কোনো অনুষ্ঠান হলে শেষ ব্যাচে তাকে দেখতে পাওয়া শুরু হল

শেষ টেবিলে। দু-একটা বাড়ি থেকে মারও খেয়েছে বলে খবর। তবু সে রয়েই গেল, এই বিশাল সংসারে না দেখার ভানে।

দুই

ভাতসড়া হতে হতে সেই সন্ধেই হয়ে গেল। ডেকরেটার্সের লোক এসে খাওয়ার টেবিল-চেয়ার খুলে তুলে নিয়ে যাচ্ছে ভ্যানে। রান্নার লোকে বাসন গুছিয়ে চলে গেছে। এসব দেখে-শুনে সিগারেট শেষ করে বাড়ির দিকে যেতে না যেতেই বাবার ফোন রনিকে। দরজায় মামা দাঁড়িয়ে, হাতে মাটির থালা, কলা পাতা দিয়ে ঢাকা। মামির হাতে একটা প্রদীপ।

—নে বাবা, চট করে দিয়ে আয়।

রনি উঁকি দিয়ে দেখল পুরুতমশাই বারান্দায় পড়ে থাকা জিনিস গোছাতে ব্যস্ত। রনি গজগজ করতে করতে বলল,

—সেই রাত করলেই!

মামি প্রদীপটা রনির হাতে দিয়ে বলল, “রাগ করিস না বাবা, শীতের দিনে আর কত তাড়াহুড়ো করা যায় বল?” মামা পা বাড়ালো পুকুরপাড়ের দিকে। আজ একটা শিরশিরে হাওয়া দিচ্ছে। মামার গায়ে কেবল একটা সাদা শাল। “মামা, তোমার ঠান্ডা লাগছে না?” রনি জানতে চায়। “লাগছে না আবার। তার থেকেও বেশি লেগেছে খিদে।” মামাকে দেখতে অদ্ভুত লাগছে। চুল নেই, গোঁফটাও উধাও। মানুষের চুল, গোঁফ না থাকলে বোধহয় বেশি ফর্সা লাগে! মামাকেও বেশ ফর্সা লাগছে।

—হ্যাঁ রে, সকলে ঠিক মতন খেয়েছে তো?

—হ্যাঁ, হ্যাঁ। সকলেই খেয়েছে।

—খাবার কি প্রচুর বেঁচেছে?

—ডাল বেঁচেছে অনেকটা।

—বার বার করে বলেছিলাম ছোলার ডাল আজকাল কেউ খায় না। কাবলি ছোলা কর! বলে কিনা ওটা বিয়েবাড়ির খাবার।

রনি হাসে। ঠিক আর দশ কদম এগোলেই বাড়ুইদের পুকুর।

পুকুরের দক্ষিণ দিক থেকে কিছু একটা পড়বার শব্দ হল। যেন কেউ লাফিয়ে নামল। রনি সবে প্রদীপটা নামিয়ে রেখেছে মাটির থালার পাশে। সোজা হয়ে দাঁড়ালো রনি। সহদেব রনির ডান হাতটা ধরে টানে, "এখান থেকে চল। ভাতসড়া দিয়ে পেছনে তাকাতে নেই।" রনি মামার সাথে এগিয়ে যায়। কিন্তু ওটা কীসের আওয়াজ হল? সে যেন কিছু একটা নামতে দেখেছে। ভারী কিছু। অন্ধকারে ঠিক ঠাহর করতে পারেনি, তবে বেশ ভারী কিছুই হবে। এ-সময় পিছন ফিরে তাকাতে নেই। কিন্তু ওটা ঠিক কী ছিল? "মামা তুমি কিছু দেখেছিলে?" পুকুরের গেট পেরোতে পেরোতে জিজ্ঞেস করল রনি। "না তো!" সহদেব সচকিত হয়ে উত্তর দেয়। "তুই কিছু দেখেছিস নাকি?"

—হ্যাঁ, তবে সেটা যে কী বুঝতে পারলাম না। বেশ ভারী কিছু ওধারের পাঁচিল ডিঙিয়ে এলো।

—থাক, থাক। চল এখান থেকে।

আবার একটা শব্দ হল। ভারী কিছু একটা জলে ফেলার শব্দ। রনি পেছনে তাকালো। "ও মামা, ওই দেখো!" সহদেবও পেছন ফেরে। পুকুরের অন্ধকারের আড়ালে কে যেন ভাতসড়া থেকে খাবারগুলো খাচ্ছে। মুখের দু-পাশ দিয়ে অযত্নের চুল নেমে গেছে। প্রদীপের হালকা আলো মুখের খোলা অংশে পড়েছে। সহদেব একটু এগিয়ে দেখতে যায়, দেখে রনিও সাহস করে এগোয়। "হ্যাঁ রে, চেনা চেনা লাগছে না ওকে?" সহদেব আরও কাছে এগোয়। রনি চিৎকার করে ওঠে, "আরে মামা, এ যে মন্টুদার বউ!"

হাঁক-ডাকে বেশ কিছু লোক জড়ো হয়েছে পুকুরপাড়ে। মন্টুদার বউ থালার আশেপাশে লেগে থাকা পায়েস চাটছে। সহদেব

জিজ্ঞেস করে, "তুই এতদিন সকলকে ভয় দেখাচ্ছিলিস?" বউটা সহদেবের মুখের দিকে তাকায়। তারপর শান্ত গলায় বলে,

—ওমা, ভয় দেকালুম কাকে?

—ভাতসড়া তুই খাস প্রতিবার?

—হ্যাঁ। বড্ড খিদে পায়! তবে রোজ তো পাই না! রোজ তো আর লোক মরে না...

—আজ তো তোকে খাবার প্যাকেট করে দিলাম, তারপরও... রনি সহদেবকে ছাপিয়ে চিৎকার করে ওঠে।

—ওটা নেকে দিয়েচি। কাল তো খিদে পাবে বলো!